月の影と竜の花

おにぎり1000米

Onigirisenbei

Illustration

ASH

アッシュ

この物語はフィクションであり、
実際の人物・団体・事件等とは、いっさい関係ありません。

Contents

Character

登場人物紹介

竜胆 りんどう

竜人部隊の指揮官。長身で精悍で男らしい端整な顔立ち。背中の黒い長い翼には触羽がある。竜型に変化した時は、紫の瞳、黒い翼、巨大な蜥蜴の頭、棘の生えた長い尾を持つ。

伽羅 きゃら

地区警備隊に所属する狼族の兵士。柔らかい巻き毛で優し気な顔立ち。狼の時は、銀と白の毛色。子供の頃に出会った月人のことを密かに想っている。胸に羽根の形をした痣がある。

月には翼をもつ竜人と天人が棲み、地上には八つの種族——獣型に変身する熊、狼、猪、狐、鹿の五種族と、鳥型に変身する鴉、鷲、白鳥の三種族が棲む世界——。熊、狼、猪の三種族は竜人と、鳥の三種族は天人と同盟を結んでおり、古来から中立を保っている狐と鹿をのぞいて、獣族と鳥族は反目しあっている。

月白　つきしろ

天人の統治階級。白金色の髪で美しい細面の秀麗な目鼻立ち。白い翼に触羽がある。竜胆とは過去に因縁があり、対立している。実は伽羅が子供の頃に出会っている。

月の影と竜の花

第1章　狼の影

夕暮れの空に白く輝く月が昇っている。伽羅《きゃら》は狼の姿で道ばたに立ち、まるい月の輝きに見惚れていた。

あたり一面はよく耕《たがや》された畑で、伽羅の頭上に広がる空には雲ひとつない。前方には小さな森が黒い影となっている。獣型に変身している伽羅の全身は銀白色の毛に覆われている。首には地区警備隊の紋章が下がっていた。

狼族の兵士は、都市部以外では獣型で任務にあたるのだった。狼の姿の方がたくさんの匂いを嗅《か》ぎ分けられるうえ、夜目も利《き》くようになるからだ。

伽羅の耳がぴくりと立ち、遠くでウォオオン、と吠える声を拾った。先輩隊員の藍墨《あいずみ》の声だ。

「異常なし。集合場所へ向かう」

伽羅も短く鳴いて返事をする。

「俺も向かいます」

狼の姿で見回りをする利点は、こんなふうに連絡が取れるという点にもある。人型よりも遠くまで声を届かせることができるし、他の種族には何を話しているのかわからない。

もっとも地上の八種族がごちゃごちゃに暮らしている都市では、おなじ種族のあいだでしか通じない言葉は逆にトラブルの種にもなった。だから街ではどの種族も人型で生活するのがマナーになっていて、地区警備隊の見回りも人型で行った。そのため、獣型から人型への変身を学んだばかりの子供ならともかく、社会に出たいい大人がうっかり獣型になるのは恥ずかしいこととされている。

地区警備隊は同盟関係にある獣三種族、熊・狼・猪連合軍の下部組織である。伽羅が今いるような田園地帯なら、縄張りを越えて他種族の地区を荒らす輩《やから》を追い払ったり捕まえることが主な任務だ。だが都市部では種族間でのいさかいを調停したり、重要施設の警護に立つことが多い。

当然のことながら警備隊員のあいだでは都市での任務の方が人気があって、伽羅もこの地区の任務についたとき、最初は獣型で見張りをするのを恥ずかしいと思ったものだった。とはいえ、狼の姿で世界を感じるのには、人型のときにはない解放感があった。それに人型のときほど容姿についてあれこれ言われない。

「伽羅、鴉《からす》のやつら、そっちも現れなかった?」

森の方から小隊長の木賊《とくさ》の声が響く。

「はい。静かすぎて怖いくらいです」

「たしかにな。日は暮れたが、今日は満月だ。明るすぎて勘違いする鴉もいるかもしれん。警戒を怠《おこた》らないで、早く来い」

鴉は夜目が利かないから、日没後はおとなしくなるものだ。木賊の言葉は本気の忠告なのか、それとも新兵をからかっているのか、伽羅にはわかりかねた。

今日の見回り任務では伽羅がいちばん年下で下っ端である。地区警備隊に入隊したのは去年の春で、この部隊に配属されてからまだ一年にもならない。始終ひよっこ扱いされることに多少苛立《いらだ》つものの、小隊長も他の先輩隊員もみんな親切で、ドジを踏んだときも伽羅をかばってくれる。今の言葉も素直に受け取るべきなのだろう。

自分がいい群れにいると伽羅はわかっていた。早く一人前になれるようがんばりたい、と思う。とはいえ、今日の任務はもうすぐ終わりだ。森で他の隊員と合流し、交代要員が到着すれば、街に帰れる。

西の空にはまだ薄紅色が残っていた。東の空はすっかり暗くなり、満月が白銀色に輝いている。温室の屋根が月の光を受けて白く光っていた。中で育てられている薬草は月の種族の注文に応じて、狼族の鼻で特別に選別されたものだ。

木賊に報告した通り、今日の任務では一度も鴉の姿を見なかった。珍しいことだ。伽羅は広々とした道を森に向かって走り出した。月を見つめていたせいで時間を無駄にしたかもしれない。

森が集合場所になっているのには理由があった。これまで何度か、鴉族のごろつきがこっそり巣をかけていたからだ。長老が何度も鴉族の議会に正式な抗議を入れているのに、鴉どもは狼族の縄張りに勝手に侵入し、畑や温室を荒らしたり、生まれたばかりの家畜を襲っていた。伽羅は直接やり合ったことはないが、彼らの卑怯で残忍な襲撃については、他の隊員からさんざん聞かされていた。

もし俺が勇敢に鴉のごろつきと戦ったら、先輩も少しは認めてくれるだろうか。

ふとそんな思いが伽羅の頭をよぎる。地区警備隊に入隊してから、伽羅は一度もまともに戦ったことがなかった。街では繁華街の警備隊に配属されることが多く、臨時に官庁での警護任務にも駆り出されることがあったが、牙を剝《む》き出して威嚇《いかく》したり、爪で相手を引き裂くような武勇伝には縁がない。せいぜい繁華街の見回りで、酔っ払って獣型になってしまった狼や猪にすごんでみせるくらいである。

しかし地区によっては、鴉族とのいざこざがひどくなっているところもある。ここはごろつきの襲撃に困っているくらいだが、最近は戦争になるかもしれないという噂も聞こえてくる。

もっとも狼族は昔から好戦的な種族ではない。その証拠に、鴉とことをかまえる可能性があるこの地区の任務は警備隊の中でも不人気だ。

毎日がこうしてパトロールだけで終わればいい。こんなに美しい夕暮れに出会えるのだし。

森を目ざして走っていても、白銀の月は伽羅に光を投げかける。伽羅の胸の奥は甘酸っぱく痛んだ。月が美しい夜はいつもこんなふうになる。

狼族は地上の八種族の中でも、特に月の輝きに惹《ひ》きつけられるという俗説がある。少なくとも熊族や猪族はそう信じているらしいが、実際は違うのだ。満月に吠え猛る狼など現実にはいない。

ただし伽羅はたしかに、他の狼たちよりずっと月に惹きつけられるようだった。その原因は自分でもよくわかっていた。思い出のせいだ。

そう、あのときも満月で、こんなふうに紺色の空に月が昇っていて……。

まだ子供だった俺は、あの人に会ったんだ。

記憶の情景に沈みそうになったとき、また木賊の吠え声が響いた。

「伽羅、まだ着かないのか？　交代がもうすぐ来る」

一瞬で現実に引き戻され、伽羅はあわてて答えた。

「もう森の入口です」

一日が平穏に過ぎたからといって気を抜いてはいけない。自分に言い聞かせながら駆けてゆく道は樹々に囲まれて暗かったが、狼の目にはらくらくと見渡せた。すぐに伽羅は交代を待つ狼の群れに加わっていた。藍墨の尻尾が伽羅の背中を軽く叩く。

「やっと到着か」

伽羅も尻尾を上げて藍墨にこたえる。

「俺、最後ですか」

「ああ、どこへ寄り道していた？　畑の中に珍しいものでもあったのか」

藍墨の唸《うな》りはからかうような調子だった。伽羅は藍墨の尻尾を避けた。

「何もありませんよ」

「いやいや、満月だからな」

この小隊ではいちばんの古参隊員である藤黄《とうおう》が、これもからかうような調子で言った。

「伽羅は月人《つきじん》に魅入《みい》られてしまったのかもしれんぞ」

藍墨が素早く応じる。

「たしかに伽羅は夢見がちだ。月に見惚れて遅くなったのか？」

まさか。そう言いたかったが、月に見惚れていたのはたしかだ。伽羅の耳が斜めに傾いだのを見て、藍墨が「図星か？」と言い、周囲の狼たちが邪気のない様子で笑った。

「藍墨、いじめるな。可愛い弟分だろうが」

木賊がやっと口をはさんでくれた。実際のところ、伽羅がすぐ月に見惚れてしまうことを彼らはよく知っていたのだ。

交代を待つだけの時間になったとあって、狼たちの周囲にはくつろいだ空気が漂っていた。宿舎に戻るまでは獣型のままでいなければならないので、みんな地面に座ったり、木の根元を嗅いだり、てんでに勝手なことをしている。藍墨は何事もなかったかのように話題を変えた。

「なあ伽羅、明日は非番だろ？　予定は？」

「特にないです」

「俺は街へ行く。おまえも行くよな？」

「俺は用事、ないですけど……」

「そう言うなって。行きたい場所があるんだ。気になる子がいて――」

木賊が唸り声をあげた。

「藍墨、今度は誰に熱を上げているんだ。伽羅もこいつにつきあうのはほどほどにしておけよ」

「え、いいじゃないですか小隊長。な、伽羅も来てくれって。俺ひとりでいると警戒されるんだよ」

伽羅よりふたつ年上の藍墨は人型になると少しいかつい風貌だから、警戒されることはあるのかもしれない。最近彼は街でつがいの相手を見つけたいと必死だ。父親も母親も兵士だったので、自分は違う生業の女の子を恋人にしたいらしい。

「わかりました」

どうせ予定もないのだからと伽羅は承諾した。

「でも、あまりお金のかかる場所は困りますよ」

「大丈夫、俺が行きたいのはカフェやレストランじゃないし、入場料もいらない。伽羅にも好きな子ができたら協力するから、先輩に任せろって」

　隣で聞いていた木賊が呆《あき》れたように牙を剝く。

「おいおい、藍墨。ひとりじゃ行けないから伽羅に頼んでるのに、大きく出たもんだな。それに伽羅の場合はおまえと違って、向こうから好きですってやってくるんじゃないか？」

「え、小隊長ひどい！　俺がそんな魅力ないみたいに」

　木賊は牙を剝いて笑い、藍墨の背中を尻尾でぺしりとはたいた。伽羅は乾いた土に座ったまま、また空を見上げていた。梢《こずえ》にさえぎられて月の光はここまで入ってこないが、伽羅の胸のうちには輝くまるい月がある。

「伽羅も好きな人がいるのか？」

　唐突に木賊がそうたずね、伽羅は耳をぴくっと立てた。

「どうして？」

「悩ましい顔をしているからだ。片想いでもしているみたいに」

「そんな……つもりはないですけど」

「まさか、月に思い人がいるんじゃないだろうな」

「まさか！　知り合いもいませんよ」

「そうか。おまえの年齢じゃ、月人と知り合いになることはあまりないか」

　あわてて否定したにもかかわらず、木賊の言葉は逆に伽羅の好奇心をかき立てた。

「月人にお知り合いがいるんですか？」

「ああ、竜人の友人はいる。しばらく兵隊をやっていれば、駐屯地の兵士と知り合いになることもある。月人はずっと地上にいられないから、月に帰ってしまえば、たまに手紙をやりとりするくらいだが」

「竜人……そうですよね」

この地上には八つの種族――獣型に変身する熊、狼、猪、狐、鹿の五種族と、鳥型に変身する鴉、鷲、白鳥の三種族が棲む。だが月に棲むのはふたつの種族だけだ。竜人と天人《てんじん》。竜人は黒い翼を持ち、竜型に変身する。天人は白い翼を持ち、人の姿のまま変わらない。

熊、狼、猪の三種族は竜人と、鳥の三種族は天人と同盟を結んでいた。古来から中立を保っている狐と鹿を除いて、獣族と鳥族は反目し合っている。

地上の歴史をたどると、獣族と鳥族のあいだには長い戦争もあれば短い小競り合いもあった。地上の種族よりはるかに進歩した文明を持つ月のふたつの種族にも対立があった。現代では獣族の多数は竜人を同盟者にし、鳥族は天人を同盟者にして、敵対し牽制《けんせい》し合っている。

狼軍と同盟関係にある竜人部隊の駐屯地はここからさほど遠くないところにある。だが天人は――

伽羅は思い切ってたずねた。

「天人に会ったことがありますか？」

「街で見かけたことがあるくらいだ。伽羅はどうだ？」

「俺も……おなじです」

どうして嘘をついたのだろう。伽羅には自分でも理由がわからなかった。そういえば、さっきもひとつ嘘をついていた。月に思い人なんかいない、と。

ほんとうは違う――でも木賊にそんな話はできなかった。少年のころ俺が出会ったあの人、いまだに忘れられず、月を見るたびに思い出すあの人が天人だとは。

もっとも伽羅の記憶にはかなりあやふやなところがあった。その天人に会ったのはたった一度、満月の夜のことだ。天人の真っ白な翼や美しい顔は今も覚えているが、細かいことはよく思い出せない。きっとあまりにも幼かったせいだろう。

それでも人型になった伽羅の胸には天人が残した影がある。周囲の者は羽根のかたちをした痣《あざ》だと思っているが、あれは天人が伽羅に残した約束のしるしなのだ。

また会おう、というしるし。

しかし狼族の伽羅が、ただ一度会っただけの天人に再会するなど、いったいあり得るだろうか。

「天人が鳥族の同盟者だからといって、絶対友人になれないということもないはずだが、出会いというのは思ったようにいかないものだからな。仕方ない」

「小隊長、俺、月人の言葉を勉強しているんです」

伽羅は話題を変えたかった。狙いはうまくいって、木賊は感心したように尾を立てた。

「なんだって？　伽羅、すごいじゃないか。竜人の指揮官が交代するから、軍のお偉方は月の言葉ができる人間を探しているんだ。警備隊員よりずっといい仕事を軍でもらえるぞ。竜族の高官が交代するということは〈花《はな》〉が選ばれるだろうし」

「ハナ？」

「竜人の高官には地上の種族から選ばれた者が従者につくが、その地位を〈花〉と呼ぶんだ。いちばん近い立場の従者になるから〈花〉を出した種族は竜人と強いつながりが持てる」

「狼族はこれまで〈花〉に選ばれたことがあるんですか？」

答えを聞く前に木賊の耳がぺたんと傾いた。

「残念ながら竜人は熊族がお気に入りらしい。だが〈花〉に通訳が必要になることだってあるだろうからな」

熊族は狼族よりずっと大柄で力の強い種族だ。伽羅は竜人を遠目にしか見たことがなかったが、熊族と同様に大柄だとは聞いていた。きっと彼らは従者も自分たちと同等の体格の者を好むのだろう。

「それにしても交代のやつら、遅いな。どうしたんだ」

木賊が梢を見上げた。獣型の小隊長の毛色は黄金色がかった白で、背中にひとすじ灰色の筋がある。

嫌な音が伽羅の耳に聞こえてきたのはその直後だ。

カァ、カァ、クワァー！

「小隊長！　鴉どもが！　大群が突然あらわれました！」

「おい、もう夜だぞ。なんでまた……」

「わかりません。満月で明るいから？　天人が力を貸しているのかも。とにかくあいつら、温室を襲ってます！」

「わかった、全速力だ。行くぞ！」

狼たちの動きは素早かった。森にいた小隊全員がひとつの群れになり、流れる力のように森を駆け抜ける。もちろん伽羅もその中にいた。森の外へ群れが飛び出したとき、月は空から姿を消していた。鴉の大群が覆い隠していたからだ。

第2章　白い翼と黒い翼

少年の伽羅が月の種族に出会ったのは、両親と山中へキャンプに行ったときだった。満月に照らされた野山は銀色に揺れていた。見知らぬ場所に興奮した伽羅は両親から離れ、ひとりで歩くうちに、いつの間にか遠くまで行ってしまった。

迷ったと気づくのにどのくらい時間がかかっただろう。月は中天で明るく輝いている。あわてた伽羅は狼に変身して走りはじめた。狼になれば、両親の匂いがすぐにわかるはずだ。

ところが疾走する伽羅の前に突然あらわれたのは、大きな湖だった。水面《みなも》でゆらゆらと月が揺れていて、岸辺には大木がそびえていた。見上げると横に長く伸びた枝に白い大きな翼が引っかかって、これも水面の月のように揺れていた。

大きな白い翼——月の種族だ。

地上の種族は子供たちに、月の種族に近づくなと教える。竜人でも天人でもおなじことだ。月の種族は地上の八種族よりずっと強く、彼らは何を考えているかわからない。出会ったら最後、何が起きるかわからない。決して近づいてはいけない、と教える。

少年の伽羅もそのことはちゃんと覚えていた。それなのに走って逃げ出さなかったのは、声を聞いてしまったせいだ。

『ああ、もう。絡まってしまったじゃないか。まったくこれだから——』

月のように白い顔が翼の下にのぞき、伽羅はその場に凍りついた。怖かったからではない。その顔があまりに美しかったからだ。

「ねえ、きみ。そこの狼の子、きみだよ。ほどいてくれないか？」

月の種族は翼を持つ。黒い翼は竜人で、白い翼は天人だ。驚いた伽羅の喉には舌がへばりついて、しばらく答えることができなかった。やっとのことで返した言葉は、今思い出すといささか間が抜けていた。

「どうしてそんなところにいるの？」

天人の発音は伽羅の耳には風変わりに響いた。

「落ちたんだよ。月にないものを探しに来たんだけどね」

「月にないもの？」

「不思議や謎。それに綺麗《きれい》で純粋なもの。きみみたいにね」

「俺？」

「そう、きみさ。とても綺麗な銀色だね。僕を自由にしてくれたら、きみと遊びたいな」

そのあとの記憶はぼんやりしている。翌朝、ふらふらと両親のもとへ戻った伽羅はさんざん叱られた。何があったのかとたずねられたが、頭がぼうっとして何も答えられなかった。

記憶が多少よみがえったのは街に戻って数日経《た》ったあとだ。思い出せたのは月白《つきしろ》と名乗る美しい天人に出会って仲良くなったことと、月白が伽羅に好きだと告げたこと。大枝に絡んだ天人の羽根をほどくには、狼の牙と前脚と、人の手が必要だった。だからあの夜伽羅は何度か変身して、それから月白と遊んだ。

伽羅は吠え、じゃれて、月白に抱きしめられ、人の姿に戻ってたくさん話をした。月白は言った。

「僕の影をきみに残そう。この夜の……特別な思い出に」

＊

とっくに夜になっているのに、鴉の群れは大声で鳴き交わしながら畑の上を飛び交っている。空を覆うほどの鴉を一度に見るなど、伽羅には初めての経験だった。暗闇の中に狼の遠吠えが長々と響いた。木賊が援軍を呼んだのだと、伽羅も他の狼もすぐに理解した。ひょっとしたら小隊と交代するはずだった狼はこの鴉たちに襲われたのかもしれない。

いきなり大粒の雨が降るような激しい音が鳴り響く。鴉たちが温室の屋根にずらりと並び、透明な覆いを嘴《くちばし》で叩きはじめたのだ。

「まずいぞ、追い払え！」

狼たちは疾走し、鴉に向かって跳躍《ちょうやく》した。

狼族にとって温室の中の薬草は月人との交易に欠かせないものだ。月には地上よりはるかに進んだ技術があり、その基盤となる月水晶《つきすいしょう》が産出される。しかし月人が必要とする薬草や香辛料や、一部の嗜好品には地上でしか採《と》れないものがある。狼の鼻が選別した薬草の苗は月人に高く評価されていた。だから太陽が空にある時間帯には見回りも厳重にされている。日没後の交代時間は盲点だった。戦争でもないのに、鴉の襲撃があるとは誰ひとり思わなかったのだ。

羽ばたきと嘴が屋根を叩くけたたましい音の中、伽羅も温室の屋根目ざして跳んだ。

鴉の大群も彼らの打ち鳴らす音も恐ろしかったが、初めての本格的な戦いに心は熱く、興奮していた。自分はこのために毎日鍛《きた》えてきたのだ。温室に前脚がかかったとたん数羽の鴉がバタバタと飛び立ったが、屋根の覆いを破るのに夢中な一羽には伽羅の牙が届いた。別の鴉が伽羅の耳をつつき、目線の先でもう一羽が破れた穴から温室へ飛び込んでいく。

伽羅もあとを追って温室に飛び込んだが、中にはすでに何羽もの鴉が入り込み、作物を荒らしている最中だった。伽羅は畝《うね》のあいだを疾走し、飛び回る鴉どもを爪と牙で倒した。出入り口の跳ね上げ錠を舌で押し開けて外に出る。鴉の鳴き声と狼の吠え声が入り交じっているが、鴉の数はいっこうに減っていないようだった。

頭上でバタバタと翼が鳴る。伽羅の目をつぶそうと襲いかかってきた鴉に向かって跳躍し、真っ黒な羽根に覆われた体に牙を立てる。なまあたたかい血の感触に気分が悪くなった。この戦いは、いったいいつまで続くのだろう――そう考えた瞬間に集中が途切れ、あろうことか伽羅の体は変化をはじめた。

まずい。伽羅の意思とは無関係に、体が勝手に人の姿へ変わろうとしている。獣型で力を使いすぎたのだ。知覚が狼から人間のそれに変化する。視界が暗くなり、音も聞き取りにくくなっていく。

下半身はまだ獣のままだったが、伽羅は今二本足で立ち上がっていた。さいわい、急にはじまった変身に鴉の方も惑わされたようだ。伽羅は腕をのばしてまとわりつく鴉を追い払った。狼の遠吠えが聞こえたが、鴉の羽音がうるさすぎて意味が聞き取れない。

カァッ！

唐突に、鴉の警告音が空気を切り裂いた。

そのとたん伽羅のまわりにいた鴉たちがいっせいに上空へ舞い上がった。なぜか狂ったように鳴き交わしながら円を描くようにぐるぐると飛びまわりはじめる。いったい何が起きたのかと、伽羅は驚いて空を見上げた。空にはまた月があらわれていた。鴉ではない、黒い巨大な翼の影が白銀の光を背景に舞っている。

あれは——竜人？

竜人たちはたちまち鴉に追いつき、襲いかかった。パニックに陥《おちい》った群れがふたりの竜人に追われ、散り散りになっていく。翼を広げて飛ぶ竜人の胸のあたりで、ぽうっと小さな光の玉が輝いた。竜人は両手で光をかかえて、鴉を狙うように宙に放つ。暗い空に閃光《せんこう》が走った。流星のような光が逃げる群れを追いかけていく。

ついさっきまで優勢だった鴉族は今や完全に敗走していた。また狼の遠吠えが聞こえた。木賊が小隊を呼び集めている。

「伽羅！　無事だったか」

藍墨は狼の姿のままだ。中途半端に人型になった自分が恥ずかしく、伽羅はうつむいた。

「藍墨、変身が……」

「たまにあることさ。無事で何よりだ。俺に乗れ」

藍墨の背中に乗って向かった先にはぼろぼろになった狼たちが集まっていた。援軍が途中で加わったのか、数は小隊の三倍になっていたが、みんな疲れ切った様子だった。半分人型に戻った狼も何人かいたので伽羅は少しほっとしたが、それも竜人の黒い翼を見るまでだった。

「あの——人たちは……？」

おそるおそるたずねた伽羅に、藍墨はなぜか誇らしげに言った。

「応援に駆けつけてくれたんだ。なんでも、たまたま小隊長の知らせが聞こえたそうだ。あの立派な竜人、竜胆《りんどう》殿だぜ。竜人部隊の指揮官。月から地上にやってきたばかりらしい」

そういえば、竜人の指揮官が交代すると木賊が話していた。ではあの人がそうなのか。

伽羅は好奇心に誘われるまま藍墨の背から黒い翼を持つ竜人を見つめた。竜胆と呼ばれた新しい指揮官は堂々とした体軀《たいく》に簡素な革の鎧《よろい》をまとっている。他の竜人の兵士より長身で、黒い翼は背中で畳まれていたが、先端は地面につきそうなほど長く、光に照らされた部分は漆黒の宝石のように煌《きら》めいている。

満月の光の下で竜人の肌の色は暗く見え、彫刻のような顔立ちの半分は影になっていた。それでもわずかに体の向きを変えたとき、伽羅にもその秀でた眉や凜《りん》とした鼻筋がはっきり見えた。切れ長の目は意思の強さを感じさせ、口元はきりりと結ばれている。全身から精悍《せいかん》で男らしい気配が漂い、立っているだけでその場の空気が引きしまるようだ。

竜人の指揮官がこんな人だとは思わなかった。思わずぼうっと見惚れていたのはほんの数秒にすぎなかっただろう。だがふいに射貫《いぬ》くような鋭い視線が動き、伽羅をつらぬいて止まった。

見られている。

半分獣に変わった体が緊張できゅっと締まった。伽羅はあわてて地面に降りた。下半身が獣のままで立つのは恥ずかしかったが、人の姿で全裸になるよりはましかもしれなかった。

「そこの――」

竜胆が伽羅を見つめたまま口を開いた。伽羅は思わずびくりと肩を上下させたが、竜胆は気に留めなかったようだ。

「その血は自分の血か？　怪我をしていないか？」

あわてて見下ろすと、伽羅の胸の中央は黒みがかった血糊《ちのり》で覆われていた。

「だ、大丈夫です！　鴉の血であります！」

「それならよかった」

竜人が近づいてくる。伽羅は緊張して棒立ちになったが、竜胆は無造作にどこからか布を取り出し、伽羅に向かって放り投げた。

「拭《ふ》きなさい。鴉の血は臭《にお》う」

「あ……ありがとうございます」

布を受けとめられたことに安堵しながら伽羅はぼそぼそと礼を言った。拭《ぬぐ》い取った血糊の下から羽根の模様が浮かび上がる。

「それは？」

鋭い声にまたも伽羅は飛び上がりそうになった。

「傷では……ありません。ただの痣です」

竜人は伽羅のすぐ前に立って、すみずみまで検分するような視線を向けていた。伽羅は落ち着かない気持ちになり、半分人型に戻ってしまった自分を呪った。体を鍛えていることには自信があったが、他の狼にくらべて優しげに見える自分の顔立ちはあまり好きではなかった。綺麗だと言われたことは何度かある。でも都会にはもっと綺麗な顔の者はたくさんいる。

正面から見上げると、竜人の面立ちはさっきちらりと見たときより端整に思えたが、同時に荒々しい野生の気にもあふれていた。伽羅の思い出の中にいる天人の月白以外で、これほど印象に残る異種族に出会ったことはない。

どういうわけか、伽羅は自分の胸にしるしを残した天人の繊細な顔立ちと初対面の竜人をくらべていた。この人はびっくりするほど格好いいけど、月白とは正反対だ。

「名前は？」

竜人がたずねた。

「伽羅」

「私は竜胆だ」

りんどう。本人の口から発せられた名前は月人の不思議な抑揚《よくよう》をおびて、伽羅の耳の底にこびりついた。

第3章　戦の月

鴉族のならず者による襲撃は街でも大きなニュースになっていた。翌日の新聞の一面には荒らされた畑や温室、それに竜人の指揮官の写真が大きく載っていた。

伽羅は自分のみっともない姿が記事にならなかったことにほっとした。ところが藍墨は逆の感想を持ったようだ。

「小隊長しか写ってないってひどくないか。俺の雄姿も載せてくれたらいいのに」

「俺は嫌ですよ。小隊長の写真もおまけみたいなものでしょう」

「まあ、竜人と並ぶと狼は貧弱だもんなあ。竜胆さん格好いいし」

このままでは鴉族と戦争になりかねないとか、月では天人と竜人の対立における緊張が高まっているとか、新聞には伽羅を不安にさせる記事ばかり載っていたが、藍墨はろくに読んでもいない。このあと街に繰り出す予定で頭がいっぱいらしい。藍墨の装いはぴんとアイロンがかかったシャツにそろいのベストとズボンだ。髪は綺麗に撫でつけられ、革靴もぴかぴかに磨かれている。

伽羅は普段着のままだった。帽子をかぶったのは、柔らかい巻き毛が風でくしゃくしゃにならないため。

「お二人さん、出かけるのか?」

藍墨と一緒に兵舎から出ると藤黄が声をかけてくる。古参兵は数人で輪になって煙草《たばこ》を吸っていた。藤黄の友人が藍墨に視線を飛ばす。

「おう、昨日は活躍したってな。藤黄もいたんだろ？　老いぼれがまともに走れるとはね」

「竜人が助っ人に来て幸運だったな。鴉野郎は数が増えると厄介だ」

「新聞に載っていた指揮官、前回は〈花〉を選ばなかったらしいじゃないか。今回はどうするんだろうな」

伽羅の耳は「花」という言葉を自動的に拾った。

「〈花〉のこと、小隊長も話してました。竜人につく従者ですよね？」

古参兵は伽羅を横目で見て、煙をふーっと吐いた。

「ああ、地上の種族からおつきを出すのさ。〈花〉に選ばれた者は竜人についてどこにでも行くし、月にも簡単に行けるという噂だ。上層部は今回くらい狼から〈花〉を出したいだろうな。鴉と戦争になるかもしれないし」

「無理無理。竜人には狼の優美さがわからないんだ」

「天人はどうなんです？」

伽羅は何気なくたずねた。

「彼らも〈花〉を選ぶんですか？　その――鳥の連中から」

古参兵は顔を見合わせた。

「さあな。天人も月の種族だから……そうかもしれん」

熊、狼、猪の三種族は竜人と同盟を結んでいるものの、天人と表立って敵対しているわけではなかった。少なくとも今のところは。とはいえほとんどの獣族は、天人に対し竜人ほど関心を持たない。

狼族の地区で見かける天人の目的は観光や交易で、軍の公的任務でやってくる竜人とは対照的だ。地上の八種族や竜人と違い、天人は優美な白い翼を街でもしまわない。だから遠目にもすぐわかるが、ほとんどの獣族は用事がないかぎり進んで近寄ることはなかった。

古参兵の無関心に伽羅は内心がっかりしたが、表には出さなかった。伽羅が月の種族の言葉を学んだきっかけは天人だった。自分の胸にしるしを残した天人、月白にもう一度会えることがあったら、月の言葉を話して驚かせてみたかった。

昨日の戦いのあと、小隊長の木賊は伽羅を呼び出し、月人の言葉をどのくらい使えるのかくわしく話せと言ってきた。軍の上層部に知らせるらしい。

小隊長は嬉しそうだった。情勢がきな臭くなっている今、伽羅の能力はきっと重宝《ちょうほう》されるというのだ。

戦いに役立てるために月の言葉を学んだのではなかったが、伽羅は質問に正直に答えた。種族にとって必要な何かを自分が差し出せるのは、もちろん願ってもないことだ。

「カフェやレストランじゃないのにひとりじゃまずいって、いったいどこに行くんですか？」

にぎやかな街路を歩きながらたずねると、藍墨はきまり悪そうに顔をしかめる。

「要するに俺には似合わない場所ってことだ。着いたらわかるって」

「最近知り合った人？」

「そういうわけでもないんだ。この街にいるとわかったのがついこの前で」

「え、だったら軍に入る前の知り合い？」

伽羅にとって藍墨は小隊でいちばん気安く話せる先輩だ。兵舎の外にいるのもあってふだんより口調が砕けていたが、藍墨は素早く逆襲してくる。

「伽羅、質問が多いぞ。おまえはどうなんだよ。好きな子とか気になる子とかいないのか？」

今度は伽羅が答えに困る番だった。

「今は特に……ないです。あまり興味なくて」

「もったいないなあ。ちっさくて可愛い女子と並んでみろ。お似合いだって言われるぞ」

藍墨の口調は妬《ねた》み半分からかい半分といったところで、深い意味はなさそうだった。それに「小さくて可愛い狼族の女の子」がタイプの彼に伽羅は自分の性向を話したことがない。つまり異性に恋をしたことがないとか、街を歩いたときつい見てしまうのは年上の男性が多いとか、そういうことを。

目的地は中心街から少し離れた狭い通りに並ぶ書店と雑貨屋を兼ねた店だった。流行の店が軒をつらねている区画だ。棚に並ぶ雑貨は高級品ではなかったが、お洒落《しゃれ》な服装の若者でにぎわっている。

藍墨のお目当ては書架の前にいた店員だった。つやつやした赤茶の髪を背中に流した狼族の女性で、小柄ではっきりした目鼻立ちをしている。藍墨より少し年上に見えた。

「紅緋《べにひ》、こいつは俺の部隊の弟分なんだけど、欲しい本があるっていうから連れてきた」

なるほど、こんな口実なのか。

突然だったので一瞬とまどったものの、紅緋が「何を探してるの？」とたずねたので、伽羅はとっさに「月の言葉を勉強しているので、そういうのです」と返した。我ながらよくやったと思ったし、紅緋は不自然にも思わなかったようだ。

「地区警備隊勤務で語学をやるなんて、感心ね」

「だろ?」

自分が褒められたわけでもないのに藍墨は照れたように頭をかく。紅緋は遠慮のない目つきで藍墨を見た。

「ほんと、あなたの後輩とは思えないわ」

「俺だって月に興味あるぞ!」

「そう? 月の何に興味があるの?」

紅緋の口元に笑みが浮かぶ。外見から想像したより辛辣《しんらつ》な性格らしいが、藍墨を悪く思っているわけではなさそうだ。

「月語を勉強中なら、語学書はあのあたり。月語の読み物を探しているのなら、その角の棚にあるわ」

さっそくいくつかの書架を指さして教えてくれた。

「ありがとうございます。あとは自分で探します」

伽羅はいそいで答え、さっと藍墨のそばから離れた。紅緋の様子を見るかぎりでは藍墨が警戒されているとはまったく思えない。でも向こうも仕事中だし、伽羅が近くにいると話しづらいかもしれない。

語学書の棚をざっと眺めたが、今必要とするものはなかった。振り向くと戸外に面したディスプレイが伽羅の目を引いた。月都市の写真集が飾ってある。カバーは白く輝くドームで、背景の真っ黒な空とのコントラストが実に美しい。正面から見ようと外に出たときだ。狭い通りの雰囲気に似つかわしくない、鋭い声が耳に飛び込んできた。

「売れる品物がないとはどういうことです？」

長身の背中に白い翼が畳まれている。天人だ。向かいの店の扉の前で鹿族の青年に詰め寄っている。こたえる方は怯《おび》えたように首をすくめた。鹿族は狐族と同様に地上八種族の中では中立を保っている。細工物や装飾品の生産が得意で、優しく臆病な性質で知られているから、都市でも他種族とはあまり関わらない。口が達者で馴《な》れ馴《な》れしい狐族の商売人とは真逆の性質だ。

「今納品した品物は予約品なのです。前の季節に受注したもので……あの、注文についてはお店の方に聞いていただけませんか。僕らにはなんとも」

「でも産地から品物を持ってくるのはあなた方でしょう。月で評判を聞いてはるばる来たのに全部売約済とは、客を舐めているのではないですか。余分の売り物くらいあるでしょう」

この天人は観光客だろうか。一方的で居丈高《いたけだか》な態度に伽羅は眉をひそめた。思い出の中の天人、月白ならこんな傲慢な態度は取らないはずだ。

店の中からもうひとり鹿族があらわれたが、声は小さく、伽羅には何も聞き取れない。天人の翼が威嚇するように半分開きかけたとき、最初に詰め寄られた青年が痙攣《けいれん》するように体を揺らした。ズボンの布地が内側から持ち上がり、ピュッと尾が飛び出る。青年の顔が真っ赤になった。

尾を見たとたん伽羅は気づいた。あのふたりはよくいる鹿族ではない、斑鹿族《まだらじか》だ。大昔、月人に狩られた歴史があるため数が少なく、ほとんどは地方の森で同族だけで暮らしている。何があったか知らないが、こんなふうに人目にさらされるのは気の毒だ。

通りにいる他の者たちもみな同じことを思ったに違いない。空気が凍ったように感じたとき、横あいから月語が聞こえてきた。

『こんなところでいったい何をしているんだ？』

黒い軍服を着た竜人が数人、大股でこっちにやってくる。先頭にいた竜人が天人と鹿族のあいだに素早く割って入り、また月語で警告を投げかけた。

『ここは地上だ。一般人を威嚇していいと思っているのか？』

天人は高慢な口調でこたえた。

『失礼な。私は単に取引を持ちかけているだけだ』

『一方的に要求を出すのは取引とは呼ばないんだよ』

竜人たちは翼を出していなかったが、服装と体格は地上の種族と一線を画している。早口で交わされた月語のやりとりから伽羅は協定違反という言葉を聞き取った。

凍りついた空気が動き出し、関わり合いになりたくない者たちが足早に離れていく。観光で地上にやってくる天人には時折無理難題を持ちかける者がいて、地区警備隊も対応に困ることがあるという話なら以前伽羅も聞いたことがあった。実際に出くわしたのは初めてだし、もし今勤務中だったとしたら自分はどうしただろう。いや、今何をすべきだろう。

見ると発端になった斑鹿族のふたりは月人の口論の外へ押し出され、途方に暮れて立ち尽くしている。伽羅ははっとした。彼らには月語がわからないに違いない。

伽羅は小走りに通りを渡り、ふたりのそばへ行った。怯えるあまり尾を出してしまった斑鹿族の青年がおどおどと伽羅を見つめた。

「大丈夫ですよ」

伽羅は小声で月人たちが何を話しているのかを伝えた。天人は彼らのことなど忘れたように竜人と喧嘩腰のやりとりをしている。

「そうですか？　何を言っているかぜんぜんわからなくて……」

伽羅は首をめぐらせ、もう一度竜人の一団を見た。前に出て天人を諭《さと》しているふたりのうしろに見覚えのある顔を見つけてぎょっとした。

指揮官の竜胆だ。他の竜人から一歩引いているにもかかわらず、精悍な立ち姿や端整な顔立ちは見間違えようもない。昨夜とおなじ射貫くような視線が伽羅をとらえている。その顎《あご》がかすかに動いたと思うと、指が上がって伽羅のそばにいる鹿族と通りの端を交互にさした。行かせろと指示しているのだ。

「今のうちにこっそり消えましょう」

伽羅は鹿族のふたりにささやき、前方を指さした。

「俺もそこまで一緒に行きます」

「大丈夫でしょうか？」

「ええ」

足早に通りを進み、角を曲がる。月語の響きが遠ざかって静かになった。鹿族のふたりは山吹《やまぶき》と黒鳶《くろとび》と名乗った。森林地帯で香料を作っていて、馴染《なじ》みの店に品物を卸《おろ》しに来たところだという。

人通りがまばらになったところで伽羅は鹿族たちに別れを告げ、書店の前に戻った。さっきの天人は姿を消し、通りはまたのんびり歩く人々でごった返していた。伽羅は店の中に目をやった。藍墨はさっきの騒動に気づいたのかどうか、まだ紅緋と話し込んでいた。このまま伽羅が帰っても気づかないのではないか。

「大丈夫だったか」

背後から声が聞こえ、伽羅はあわてて振り向いた。黒い軍服の竜人が立っている。竜胆だ。

「は、はい。そこまで送っていきました。これでよかったでしょうか」

緊張して声が高くなったのは、竜胆が無遠慮なくらいまっすぐ見つめてくるからだ。

「ああ。伽羅は彼らと知り合いなのか？」

竜胆が自分の名前を覚えていることに伽羅は驚いた。昨夜ほんの短い時間顔を合わせただけなのに、指揮官とはこういうものなのか。

「いいえ。ただその、月語がわからなくて困っていたようなので」

「だったら伽羅は月語がわかるのだな」

「はい、その、少しは」

竜胆は書店の方へちらりと視線を流した。

「今日は休みか？」

「はい。そうです」

「今、時間はあるか」

「は、あるといえば……ありますが」

「それなら少しつきあえ」

え？　予想外の言葉に伽羅は顔がこわばるのを感じた。

「その、どこへ……」

「こっちだ。いい店がある」

竜胆は完全に自然な様子で伽羅の手を取ると、歩きはじめた。

第4章　地上の蜜

伽羅は手を離してほしかった。竜胆がしっかり握ったまま離してくれない手のことである。自分はれっきとした大人で、狼族の兵士だ。一警備隊員にすぎないとはいえ、子供のように――あるいは恋人同士のように手をつないで屋外を歩くなど、おかしなことだと思う。

しかし相手は月の種族だ。地上の種族と違う習俗を持っているのかもしれないし、竜人は狼族の同盟者としてこの街で特権的な立場にある。しかも伽羅の手を引いている竜人は、その中でも最も上の立場にいるのである。

というわけで伽羅はつかまれた手を振りほどくこともできず、おとなしく竜胆についていった。通りを歩く人は竜胆に必ず視線を向けたが、ただの狼にすぎない自分は見過ごしてくれるはずだ。心の奥底でそう願いながら足を動かし、たどり着いたのは優雅に飾りつけられたレストランの入口である。特別な祝いの機会でもないかぎり、庶民が足を踏み入れることのない高級店だ。

竜胆は伽羅のとまどいに気づきもせず堂々と中に入っていく。伽羅の普段着よりはるかに上等な制服を着た店員は、竜胆の顔を見ただけで奥まった個室に案内した。

ええい、仕方がない。伽羅は開き直って胸を張り、顔を上げた。竜胆が何を考えているのかさっぱりわからないが、つきあえと言ったのは向こうなのだ。

「ここは料理も菓子も美味いと聞いた。好きなものを頼んでくれ」

竜胆は伽羅の前にメニューを広げ、あっさりそう言った。しかし料理の写真の横に並ぶ値段を見たとたん伽羅の心臓はドキドキ鳴りはじめた。手持ちの金で足りないどころではない。半月分の給料に羽根が生えてしまう値段だ。

「好きなものが見つからないか？　ああ——支払いのことは気にするな。私が誘ったのだから」

竜胆はやっと、伽羅の視線がメニューの上をさまよっている理由を理解したようだった。それでも伽羅が迷っていると、手をあげて給仕を呼んだ。

「今日のお勧めを教えてくれないか。この時間だ、軽食か菓子がいい」

心得た様子の給仕が候補をあげたので、伽羅はいちばん先に告げられた軽食のセットを頼んだ。給仕がいなくなると竜胆はまっすぐ伽羅の目を見て「いきなり声をかけて、悪かった」と言った。

「機転を利かせてくれた礼をしたかった。どうか気楽にしてほしい」

率直な表現に伽羅は驚いたが、なんとか冷静さを保って答えた。

「俺は単にあそこに居合わせただけです」

「地上の種族が月人と揉《も》めるのは今の情勢下、あまりよいことではないのだ。月人同士で争う方がまだましでね。鹿族のふたりにはさっさと逃げてほしかった」

「お役に立てて嬉しいです」

給仕が料理と飲み物を運んできた。竜胆がさっさと食べはじめたので、伽羅も料理に手をつける。一口で食べられる上品な大きさのパイや腸詰、冷製の肉はどれも美味で、やがて伽羅は緊張も忘れて食事に夢中になった。竜胆の手が止まっているのにも気づかず、質問されてやっと顔を上げる。

『伽羅はどうして月語がわかるようになった？』

『勉強したんです』

問われたのが月語でだったので、伽羅も反射的に月語で答えた。

『月には子供のころから興味があったので』

竜胆の顔に大きな笑みが浮かんだ。

「綺麗な発音だ。月人の知り合いがいるのか？」

「いいえ。語学の番組やニュースを聞いて勉強しただけです」

竜胆の話す地上の言葉も自然な発音で聞き取りやすかった。竜人、いや月人はどうやって地上の言葉を学ぶのだろうと伽羅は思ったが、竜胆は矢継ぎ早に次の質問を繰り出した。

「地上の種族の言葉は？　八種族の方言はどうだね？」

伽羅は少し考えた。

「人型の発音ならだいたいわかります。どの種族の言葉でも覚えるのは得意です。でも鳥族の方言は変身すると聞き取れない場合もあります」

「そうか。たいしたものだ」

竜胆はまた伽羅を凝視し、そのまなざしに伽羅はどぎまぎした。藍墨は道を歩くとき無意識に若い女性へ目をやるが、伽羅が見てしまうのは自分より年上の男性ばかりだ。竜胆はまさにそうで——指揮官に任命されるくらいだから、かなり年上に決まっている——しかもすごくハンサムときている。決して甘い美貌ではなく、精悍で凛とした男らしい顔立ちだ。

もちろん竜胆の視線に特段の意図はないに違いない。地区警備隊に入ってからというもの、伽羅は種族を問わず、街で男性に声をかけられたことがある。だが伽羅の方から告白するようなことは一度もなかった。伽羅の胸にはいつもあの羽根のしるしがあって、その約束を忘れるような存在には出会ったことがない。

でも、きっと竜胆の視線にはもっと違う意味がある。伽羅にはそんな気がしてならなかった。今も竜胆は何か告げたいことでもあるように伽羅を見ている。

いや、これも自分の考えすぎかもしれない。昨夜は気づかなかったが、間近で見た竜胆の眸《ひとみ》は黒に近いほど深く濃い紫色で、眸の底には伽羅にはとうてい推《お》し量れない何かがひそんでいるような気がする。月からやってきた竜人の指揮官ともなれば、それも当然なのかもしれない。

「休みの日はよく街に出るのか？」

竜胆は視線をずらし、おだやかにたずねた。低めの声が心地よかった。

「時々は。でもたいていは兵舎にいます。仲間と遊びに行くこともありますけど、暇なときは本を読んだり勉強したり」

「なるほど、月語の勉強は暇つぶしだな？」

「いえ、むしろ趣味を兼ねてるというか」

伽羅はあわててつけくわえた。

「月語の響きが好きなんです。月の機械や月水晶のことを知りたかったから、というのもあります。月水晶があればなんでもできるんでしょう？　それに本に載っている月の風景はすごく綺麗です」

竜胆の口元に柔らかな笑みが浮かぶ。

「そう思ってもらえるのは光栄だな。私にとってはこの地上の方が美しいから」

「そうですか？」

伽羅はきょとんとして聞き返した。地上の風物は伽羅にとってあたりまえのもので、月人の気を引くような美があると思ったことはなかった。

「ああ。きみたち地上の種族も大地も……」

伽羅は続きを待ったが、竜胆はなぜか中途半端に言葉を切った。黙ってしまったふたりのテーブルに給仕がそっと近寄った。

「竜胆様、恐れ入ります。緊急のご連絡が入っています」

竜胆の眸にちらりと落胆の影がさした。

「ありがとう、すぐ行く。——そうだ、伽羅に何か甘いものを出してやってくれ。この店の名物か、得意なものを。伽羅、つきあってくれてありがとう。申し訳ないがデザートを食べ終わっても私が戻らなかったら、そのまま帰ってくれ」

竜胆が立ち去ったあとに運ばれてきた皿には、蜜のかかった香ばしい焼き菓子が載っていた。伽羅はありがたく菓子を食べ、しばらく待った。竜胆はあらわれなかった。


兵舎に戻ると藍墨が待ちかまえていた。

「伽羅！　どこへ消えていたんだよ」

若干うしろめたい気持ちもあったが、こちらを放っておいたのは藍墨もおなじだ。

「だってほったらかしだったじゃないですか」

「まあそうだけどさ……実際おまえが気を利かせてくれて助かった」

そのとたん藍墨の表情は柔らかく崩れる。伽羅はつい余計なことを言いたくなった。

「あの人が本命なんですか？　ひょっとしてプロポーズするとか？」

「あーもう！」

藍墨は頭をかきむしった。

「それを聞くな！　まだ——まだ早いんだ。でも今日はおまえの本好きを会いに行く口実にしたから、その礼はするつもりだったぜ？　帰り道に屋台でおごろうと思ってたんだ。ひとりで街をうろついていたのか？」

いいえ。通りで出くわした竜人の指揮官に軽食とデザートをご馳走になっていました——そう正直に答えてもよかったのかもしれない。だが伽羅の口から飛び出したのはこれ以上ないほど無難な返事だった。

「ええ、そんなとこです。今日のおごりは次に回してくださいよ」

「甘いぞ、伽羅。次の休日、俺様のふところにそんな余裕があると思うか？」

藍墨はにやっと笑い、伽羅の肩をぱしりと叩いて廊下を先に行った。伽羅は先輩兵士のうしろ姿を見つめながら、なぜ竜胆に会ったと教えなかったのか自分自身に問いかけた。くだらない冗談から兵営暮らしの小さな悩みごとまで藍墨にはいろいろ話してきたのに、さっきはとっさに嘘をついてしまった。どうしてだろう？　竜胆は同盟軍の指揮官で、狼軍の司令官のように伽羅や藍墨に命令を下す立場ではない。しかも地上よりずっと進歩した文明を持つ月の種族で、伽羅や藍墨とは完全な別世界の存在だ。そんな人にご馳走になったと言っても本気にされないから？

いや――伽羅の手は無意識に胸の中央に触れていた。自分は竜胆と目を合わせたことを秘密にしておきたいのだ。ここにある羽根のしるしについて誰にも話していないように。

その夜、兵舎のベッドに横たわってからも伽羅はまだ竜胆のことを考えていた。そのせいか次の日の目覚めはすっきりせず、冷たい水で顔を洗うまで頭の芯がぼうっとしていた。

朝の食堂はざわざわとうるさく、落ち着かない空気が漂っていた。廊下を行く兵士が手にした新聞の見出しに「いよいよ開戦か？」と大きな文字が躍っている。

「戦争――はじまるんですか？」

伽羅は誰にともなくたずねた。離れたところから声が飛んできた。

「いや、竜人の〈花〉が決まったんだ。俺らから選ばれたってよ」

「え――狼族からってことですか？」

「そうそう！　誰か知らんが、お偉いさんについてるやつが情報流してきてさぁ」

だからこんなに騒がしいのか。納得して伽羅は小隊の集合場所に向かい、小隊長の木賊と出くわした。

「伽羅、来たな！　これから軍本部へ行くぞ」

きっと驚きが顔にそのまま出ていたのだろう。木賊は笑って「お偉方のご指名なんだ。迎えが来てる」と言った。それを聞いて伽羅は思い当たった。おととい木賊が話していた、月語の通訳の件だろう。

木賊のあとについて兵舎の外に出ると狼軍の車が待っていた。木賊はついてこなくていい、伽羅ひとりが乗るように、と言う。

直属の上官を置いていくなど奇妙な感じもしたが、命令は命令だ。伽羅はおとなしく車に乗った。車を使えば狼軍の本部まではたいして遠くない。伽羅は座ったまま制服の襟を正し、靴の埃《ほこり》を払った。

到着すると車の扉は外から開けられ、出迎えの兵士は伽羅に向かって敬礼をした。わけがわからなかった。自分はただの地区警備隊員なのだ。いったい何が起きているのだろう？

出迎えの兵士について階段を上る。案内されたのは狼軍司令官執務室で、開いた扉の向こうには赤い絨毯《じゅうたん》が敷かれていた。敬礼して一歩進み、顔を上げる。そこにいたのは司令官だけではなかった。新聞や軍報の写真でしか見たことのない、肩に勲章《くんしょう》をつけた高官たちがずらりと並んでいたのだ。

「ああ、伽羅君」

ところがデスクに座った司令官は、昔からの知己《ちき》か親戚であるかのように伽羅を見て破顔した。

「朝から呼び出してすまなかった。我々狼族にとって非常に重要な知らせが舞い込んだのだ」

いまだ事情が飲み込めないまま、伽羅はぼうっとデスクの前に立っているだけだった。ただの通訳の任命にしては大げさな扱いだ。おまけに高官たちは伽羅をしげしげと、珍しい種類の獣であるかのように眺めている。

司令官は困惑する伽羅の前で折り畳んだ紙を広げた。

「よく聞きなさい。竜人の竜胆指揮官がきみを〈花〉に選んだと通達があった。地区警備隊のきみの任は今日で解かれる。伽羅、きみは竜胆指揮官の〈花〉として、竜人の地上派遣部隊へ行くのだ」

「知っているかもしれないが、これまでわが狼族から竜人の〈花〉が選ばれたことはなかった」

司令官は満面の笑みをたたえて言った。

「ほとんどは熊族、私の記憶では一度猪族が選ばれただけだ。〈花〉は指揮官に最も近い立場になる。竜人と同盟を深めるために指揮官をよく知るのは重要なことだ。きみが選ばれて、我々は心から喜んでいる。これは大変名誉なことだ。もちろんきみはこれまで通り軍の所属だ。竜人の〈花〉として、向こうからも手当が支払われるが、軍も特別手当を支給する」

伽羅に否を唱《とな》える余地はなかった。竜人から指名された以上は断れないということなのだろう。だが伽羅の頭には疑問が渦巻《うずま》いていた。てっきり、通訳か何かに任ぜられるとばかり思っていたのだ。

「司令官殿、疑問があるのですが」

「なんだね?」

「〈花〉とはどんな……役目なのでしょうか。俺は従者のようなものという噂しか知らないんです」

司令官は一瞬――ほんの一瞬、答えをためらった。

「竜人の〈花〉は竜人が地上に留まるために必要な役割だ」

「その役割とは、具体的に……」

「伽羅君。さっきも話したように、狼族からはこれまで〈花〉が選ばれたことがない」

司令官は畳みかけるように言った。

「かつて熊族から〈花〉に選ばれた者は、軍に戻った者もいるけれども、竜人と共に月へ行った者もいると聞いている。竜人の要人にとって〈花〉は地上で最も近い存在になるだけに、選ばれた種族は竜人とより深い関係を結ぶのだ。きみが選ばれたのは、狼族にとって本当に重要なことだ。くれぐれも落ち度のないように、この任務をまっとうしてほしい」

いったいどういうことだろうと伽羅は思った。この場にいる誰ひとりとして〈花〉が何をするのか正確には知らないのだろうか。これまで〈花〉を出した熊族からも情報は伝わってこないのか。それとも高官たちは知っていて隠している？

伽羅は素早く考えをめぐらせる。これほどに名誉を強調される任務がうしろめたいものであるはずがない。特別手当までつくとなると、兵士たちのあいだで言われているような単なる従者とも考えにくい。それに任務がなんだろうと、自分に断れるはずもない。軍をやめるつもりはまったくないのだから。

「かしこまりました。〈花〉を拝命します」

「うむ。竜人のもとでも、狼族の名誉と共にあれ」

伽羅は敬礼して司令官のもとを辞した。

その日の午後、竜人の車が軍本部へ伽羅を迎えに来た。

指揮官が乗る立派な公用車だ。伽羅は待ちくたびれていた。狼軍司令官のもとを辞して一度兵舎に戻り、いそいで荷物をまとめて軍本部へとんぼ返りして、そのあとは控室で何時間も待機していたのだ。

ぼんやり待つのも嫌だったので、地方に住む両親へ手紙を書いた。地区警備隊勤務から軍の別の任務につくので、これまでのように連絡できなくなるかもしれない。手紙は軍本部あてに送ってほしい。新しい任務では特別手当がつくとつけくわえようかと思ったが、結局書かなかった。

待っているうちに昼になり、昼食は軍本部の食堂でひとりで食べた。それでもまだ時間が余ったので、月の言葉で書かれた物語を取り出して読みはじめた。ぶつぶつ月語を口の中でつぶやきながら読んでいるうちに周囲が見えなくなり、「伽羅殿」と呼ばれてやっと気がついた。

顔を上げると竜人が立っていた。竜胆ではないが、堂々として背が高い。荷物は軍用ザックひとつだけだったが、伽羅が手を出すより先に取り上げられてしまった。

「参りましょう」

公用車の中は広く、座席はしっとりと光る革張りだ。こんなふうに丁重に送り迎えされる理由がわからず、伽羅は落ち着かなかった。竜人が駐留しているのは街から少し離れた場所に造られた、それ自体がひとつの街のような、要塞《ようさい》のような建物だった。門を入るときに車が一度止まった。車を運転する竜人が門衛に月語で『竜胆様の〈花〉をお連れした』と言った。

敷地の奥に立派な邸宅があった。巨大な玄関の前で車を降りると、正面扉へ続く階段の両脇に軍服を着た竜人がずらりと並び、いっせいに敬礼する。

伽羅はあっけに取られたが、とにもかくにも敬礼を返し、なんとか震えずに段を上った。伽羅を迎えに来た竜人は軍用ザックを持ってあとについてくる。いったい何が起きているのか、伽羅にはさっぱりわからなかった。竜人は全員、真面目な顔で唇を引き結んでいる。真剣な目つきは威圧されているようにも値踏みされているようにも感じられた。

扉の前に立って、初めて伽羅は軍服姿ではない竜人に迎えられた。

「執事の石榴《ざくろ》と申します」

やはり見定めるような目つきだと伽羅は思わざるをえなかった。邸宅の中も外観に負けず立派なので、伽羅は長い廊下を石榴について歩いた。途中「こちらが社交室」「こちらが晩餐《ばんさん》室になります」などと説明されたが、伽羅の目には似たような豪華な部屋が続くだけに見えてしまう。

優美な手すりのついた階段を上り「伽羅様のお部屋はこちらにご用意しました」と石榴が告げた。扉の向こうは二間続きの部屋だ。最初に目についたのは天蓋《てんがい》付きの巨大なベッドだった。伽羅は導かれるまま部屋に足を踏み入れた。

「竜胆様はあいにく晩餐までお戻りになれないとのことです。それまで私どもでお支度をさせていただきますので、どうかお待ちくださいませ」

「もちろんです。あの……」

「恐れ入りますがその前にひとつだけ。狼軍本部よりご持参いただいた書類を預からせていただきたいのですが」

予想外の言葉に伽羅は目を見開いた。

「書類ってなんですか？　俺は何も持ってきてませんが」

石榴の眉がかすかに上がった。

「お持ちでない？」

「はい。それにあの、先にいくつかおたずねしたいことがあります。あとそんなにかしこまらないでほしいんですが。俺は軍の任務でここに来たわけですし」

「あなた様は竜胆様の〈花〉です」

石榴の口調はきっぱりしていた。この一語で何もかも説明がつくと思っているかのようだ。伽羅は顔をしかめた。

「すみません、俺は〈花〉の意味を知らないんです。どんな……仕事をするのか。上官には従者のようなことをすると聞きましたが」

とたんに石榴が目を剝いた。

「従者？　まさか」

ほとんど睨《にら》むような目つきで伽羅を見つめる。伽羅は首をすくめそうになるのをこらえた。

「〈花〉は月人が二七三日以上、地上に留まるために必要な存在です。竜胆様は今まで何度か地上を訪れていますが、これまで一度も〈花〉をお選びになりませんでした。ですから……」

「だからその、〈花〉は何をするんですか」

石榴の目がわずかに細くなった。

「本当に何も聞かされずに来られたのですね？　書類もなく？」

「はい。司令官にはしっかりやれと言われただけで――」

石榴の口から小さくため息が漏れた。

「狼族の司令官――そうでした。たしかに私どもは狼族の〈花〉をお迎えするのは初めてです。書類がないのもそのせいでしょう。失礼いたしました」

「それで〈花〉とは？」

重ねてたずねた伽羅の前で、石榴の首が揺れる。

「本来であれば私からお話しできることではないのですが、伽羅様はもうここへいらっしゃいましたので……」

「俺は自分の役目を知りたいだけなんです」

伽羅はもうじれったい気持ちを抑えられなかった。石榴からすっと息を呑《の》む気配がした。

「伽羅様には、竜胆様とつがいになっていただきます」

は？

予想の斜め上をいく言葉に、伽羅の心臓は口から飛び出しそうなくらい跳ねた。

「つがい――というのは……」

「交合していただくということです」

「ちょっと待ってください。そんな、嘘でしょう？　俺は男だし――これは任務で――」

石榴は伽羅を射貫くように見つめた。

「月人が地上に留まるためには、七度以上交合した地上の〈花〉が必要なのです。伽羅様が何もご存じないとわかったのでお伝えしました。しかしこれ以上私からお話しするのは越権行為になりかねません。竜胆様から直接ご説明いただく方がよいかと思います。竜胆様は晩餐までにはお戻りになるとのことです。それまでに湯あみなどのお世話をさせていただきますので、お待ちください」

伽羅は今度こそあっけに取られて立ち尽くしたが、頭に浮かんだ疑問を口にしないではいられなかった。

「待って。〈花〉がいない月人はどうなるんですか?」

しかし石榴はもう扉の向こうに行ってしまっていた。伽羅の問いは豪華な部屋の壁に跳ね返り、消えてしまった。

第6章　水晶の夜

「竜胆様がお待ちです」

竜人の執事、石榴が現れたとき、伽羅は緊張のあまりろくに返事もできなかった。湯船に入り、着替えてからどのくらい待っただろう。用意されていたスーツはごわごわした軍服とはくらべものにならない、なめらかで肌ざわりのいい織物で仕立てられたものだ。

執事のあとから晩餐室に入ると、竜胆は花で飾られた長いテーブルの端に座っていた。伽羅の姿を見たとたんに立ち上がる。

「伽羅様、お席はそちらに」

石榴はテーブルの反対の端へ伽羅を導こうとしたが、竜胆は性急にさえぎった。

「それでは遠すぎる。伽羅には重要な話がある」

伽羅は長身の竜人ふたりを交互に見つめたが、石榴はすぐに給仕服の竜人に指示し、竜胆の横へ椅子を並べさせた。

「座りなさい」

命じられて伽羅は腰をおろしたが、竜胆は立ったままだ。テーブルには革の書類ばさみとペンが置かれている。

「きみは〈花〉について何も知らないと石榴に聞いた。きみの上官はなんと言った？」

伽羅はおずおずと顔を上げ、竜胆の目を見た。濃い紫の眸が先をうながすようにまばたく。

「司令官に聞いたのは、竜人が地上に留まれるようになるために〈花〉という役目があるから、その任務を果たすように、ということだけです。その……」

先を続けようとして、思いがけず頬が赤く染まるのを感じる。

「石榴さんが話してくれた、つがいとか……そんなことは聞いていません」

「そうか……」

竜胆はわずかに頭をかかえるような素振りをした。

「狼族とは契約を交わしたことが一度もなかったのを失念していた。一度でも契約したことがあれば――いや、これは言い訳だな」

「契約とは？」

竜胆はやっと椅子に腰をおろした。

「きみにはこれからふたつの書類にサインをしてもらいたい。そのうちのひとつは秘密保持誓約書だ。これから私が話すことを外部の者、誓約書が例外とする者以外には漏らさないというものだ。まずこれに同意してもらえるかね？」

伽羅は慎重に答えた。

「それはつまり、誓約書に同意しなければ俺はここで任務を放棄したことになる、ということでしょうか」

「そうなる。しかし過去に狼族が竜人と契約したことが一度でもあれば、ここに来る前にきみの上官がサインさせていたはずだ。そのあと上官は契約の説明をして、きみが〈花〉となるのに同意するか、たずねただろう。地上の種族から〈花〉を選ぶときの我々の規則は——少なくとも今はそうなっている。今回は順序が逆になってしまったが」

竜胆の眸は伽羅を注視したままだ。伽羅の頬はまた熱くなった。緊張のせいか心臓が強く脈打つのを感じる。

「わかりました。サインします」

「ありがとう」

伽羅はいそいで差し出された書類に目を通した。家族や友人にも話してはならないとなっているが、狼族の司令官と長老は例外だ。

「これまで〈花〉に選ばれた……熊族や猪族もこれにサインしているのですか？」

「ああ」

伽羅はペンを握って名前を書いた。竜胆は誓約書の下からもう一枚紙を取り出した。

「では契約について話そう。これは二者協力契約書だ。私はきみの協力によって、二七三日が過ぎてもこの地上に留まれるようになる」

「契約って……」

竜胆の視線が書類の上をさまよった。

「伽羅。地上の種族は、我々月人が必ず月へ戻る——地上に棲みつかないと知っているが、その理由はなんだと思う」

考えてもみなかった問いに伽羅はとまどった。月人が月へ戻るのはあたりまえのことだ。

「あなた方にとって地上はそこまでの価値がないからでは？　月人にとっては故郷がいちばんだという話を前に読みました」

「物語ではそういうことになっている。本当はもっと現実的な理由がある。我々は通算して二七三日以上、月を離れることができない。そうだな、きみは月水晶について何を知っている？」

　話が変わったように思えてとまどったが、伽羅はいそいで考えをまとめた。

「月水晶は鉱物で、地上にはありません。月人が輸出する精密機械や、エンジンや、あらゆる機械に使われています。小さなかけらでも大きな力を持っているから、地上では蒸気機関のような大掛かりな機械が不要になりました」

　月水晶を用いた製品は月人の主たる交易品だ。月からもたらされた新しい技術によって地上の生活は大きく変わり、八種族はそれまでとくらべものにならないほど豊かになった。とはいえ、それまでになかった同盟や対立も生まれている。というのも月のふたつの種族、天人と竜人のあいだには月水晶をめぐる対立があるからだ。

「ああ、その通りだ。しかし我々が月を離れられない原因も月水晶の鉱山にある。今は詳細をはぶくが、もし月を離れた日数が二七三日を超えると……」

　竜胆はおぞましいことでも思い出したように顔をしかめた。

「月人は恐ろしい姿に変わってしまう。天人も竜人も同じだ。だがひとつだけ、これを避ける方法がある。地上の種族とつがいになれば、二七三日を超えても異常が起きなくなるのだ。だから私のように任務で地上に滞在しなければならない竜人は、きみたち地上の種族から〈花〉を選ぶようになった。

私は――きみを選んだ」

伽羅は目をみはって竜胆の話を聞いていた。単純に、どう反応すればいいのかわからなかった。竜胆の視線が伽羅の顔から胸の上をちらちらと動いた。

「契約すればきみは私と……ベッドを共にする。最低七回は必要だ。これは事業契約のようなものと考えてほしい。私はきみの協力で利益を得て、きみにもきみの種族にも必ず恩恵が与えられる。我々竜人は天人ではないからな」

最後のひとことが伽羅の中に棘《とげ》のように刺さった。

「天人は違うと？」

竜胆は伽羅の問いを無視した。

「私は無理強いはしたくない。人質や奴隷を求めているわけではないんだ。きみが契約に同意できないなら他の者を探す」

竜胆がそう言ったとたん、離れて立っている石榴がはっと表情を変えた。不満というよりも深く憂慮するような表情が伽羅の注意を引いたが、竜胆は気にしていないようだ。

「一度契約を交わした種族には……もちろん誓約の範囲内だが、この情報は知られている。狼族のきみにとっては不意打ちだっただろう」

「俺は男ですが、それでもいいんですか？」

「子をなすためではないんだ。むしろ雄の方がいい」

伽羅の心はだんだん落ち着いてきた。いや、むしろ驚きで麻痺してきたという方が正しいのかもしれなかった。

（選ばれた種族は竜人とより深い関係を結ぶのだ。きみが選ばれたのは、狼族にとって本当に重要なことだ）

脳裏に司令官の言葉がよみがえる。たしかに竜胆のような重要人物が地上に留まるために必要な役目なら、その重要さは計り知れない。この役目を果たすことが狼族全体の恩恵になるというのもよくわかる。

これまで竜人は主に熊族から〈花〉を選んできた。ということは、熊族には竜人からなんらかの見返りがあったのだろう。自分が〈花〉になるのを受け入れれば、狼族も同じ立場になれる。

だがさきの誓約書によれば、伽羅がこの秘密を話せるのは司令官と長老だけだ。両親にも藍墨にも教えられない。それでも……たとえほとんどの人が知らないとしても、地区警備隊の兵士にすぎなかった伽羅が種族に利益をもたらすことができるのなら。

まっすぐ顔を上げると竜胆の昏《くら》いまなざしに出会った。伽羅は無意識のうちに小さく息を吸った。

「わかりました。契約します」

ペンを取り上げると石榴がさっと寄ってきて、サインしやすいように伽羅の前に契約書を置き直した。びっしりと書かれた小さな文字を伽羅はきちんと読まなかった。ほとんど意味のないことのように思えたのだ。書き終えると石榴が書類ばさみごと契約書を持ち上げ、慎重に閉じて小脇にかかえた。

「ありがとう」

見ると竜胆が手を差し出している。握り返しながら、伽羅は街で竜胆と出会ったときのことを思い出していた。あのときもう、俺は選ばれていたのだろうか。

「食事にしよう」

竜胆がそう言うと、控えていた給仕が素早く動いた。伽羅は竜胆の隣に座ったまま、贅沢な食事を取った。


これからどうしたらいいのだろう。

あたたかい浴室で上半身だけ裸になり、伽羅は途方に暮れている。竜胆は壁の向こうにいる。浴室に続く豪華な部屋の、天蓋付きの大きなベッドにいるに違いない。

浴室は晩餐の前にも一度使った。着替えを運んできた竜人は伽羅には見慣れない設備についてあれこれ説明したあげく、棚の上をさして「準備にお使いください」と告げて出ていったのだが、伽羅は今になってその意味を考えている。

男同士でベッドに行くとき、どこを使うのかは伽羅も聞いたことがある。狼族には藍墨のように異性にしか興味がない者もそれなりに多いが、雄だけ、雌だけでまとまる集団の中では同性と交わることも珍しくない。

しかし伽羅の経験は軍に入る前、親しい友とのじゃれ合い程度しかなかった。地区警備隊に入ってからは、街で声をかけられても誰も相手にしたことはない。

狼は他の種族より貞節を重んじる。両親には少年のころから、最後までいくのは伴侶にしたいと思える相手だけにするよう諭されて育った。相手は雄でも雌でもかまわない。正式に結婚しなくても、同性であっても、長く続く関係はつがいとみなされる。

それに自分の胸にはずっと、この羽根のしるしがあった。

伽羅は繊細な模様をそっと指でなぞった。たとえ月に憧《あこが》れていたとしても、竜人とつがいになるなんて想像したこともなかった。でもこれは狼族のためだし、伽羅が契約したのは竜胆だ。まったく知らない相手ではないのだから——。

「大丈夫か？」

竜胆が浴室に顔をのぞかせ、伽羅は思わず背中を震わせた。

「すみません。すぐ行きます。その、準備をどうしたらいいのかわからなくて」

「きみは……」

竜胆は一瞬驚いたような表情になったが、ためらいなく浴室に入ってくる。

「私に任せなさい」

「えっと、その……」

「脱いで」

そう言った竜胆はまだ服を着ている。彼の注視を受けたまま全裸になるのは勇気がいったが、すぐに、こんなことでどうする、という思いがむくむくと湧き上がってきた。伽羅はベルトをはずし、ズボンを脱ぐ。下穿きに手をかけたとき、背後から竜胆が手をのばし、棚の上の道具を手に取った。

「シャワーの下へ」

耳元でささやかれ、伽羅の背筋がぞくっと粟立《あわだ》った。初めての不思議な感覚で、伽羅は竜胆の言うままに動いた。竜胆もいつの間にかシャツを脱ぎ、下穿き一枚になっている。背中には翼の影も形もなかった。

浴室の明かりに照らされた竜人の体——たくましく盛り上がった肩や胸、割れた腹に伽羅の頬はかっと熱くなり、自分の体の奥にこれまで思ってもみなかった強い欲望が湧き上がるのを感じた。

なめらかな湯が肌を叩き、竜胆の手のひらが伽羅の肌をさする。竜人の太い腕に背中から包まれると、一瞬自分が子供になったような気がした。しかし胸の尖りに触れられ、つままれたとたん、びくっと全身が反応するのを止められなかった。

竜人は何も言わなかった。黙ったまま、あたたかい湯と手のひらで伽羅の肌を——肩、二の腕、腹、腰——と撫でさすっていく。湯の温度とどこからか漂うほのかな花の香りに伽羅の頭はだんだんぼうっとしはじめた。まるで奇妙な夢を見ているようだ。だが太腿をつかまれ、股ぐらを触られると、声を出さずにはいられなかった。

「あっ……竜胆——さま——」

「竜胆でいい」

声は耳の裏側に響いた。大きな手のひらが伽羅の中心をゆったりと愛撫し、尻の奥を広げるように揉む。あっと思ったときは、本来なら排泄に使うはずの場所に異物が入り込んでいる。伽羅は竜胆の腕に支えられていたが、たまらずに手を壁についた。するすると尻の奥へ入り込んだのは細くて長いものだ。伽羅の中を動き、内側の襞《ひだ》をゆっくり、かきまわすように広げていく。

痛くはなかった。背中に竜胆の肌が重なり、首筋をあたたかい湯が流れる。異物の感覚に馴染んだように思ったとき、全身が跳ねてしまいそうな衝撃が伽羅を襲った。壁についた手ががくんと下がる。

「あぅっ」

どこかへ飛ばされてしまいそうな、経験したことのない快感に力が抜けた。ふわっと倒れかかった足が床を離れ、宙に浮いた。竜胆が軽々と伽羅を抱き上げたのだ。

浴室の水音が遠くなり、柔らかいベッドに投げ出される。竜胆は伽羅の上にまたがるようにして座り、乾いた布で荒々しく水滴を拭うと、伽羅の胸に唇を寄せた。竜人の濡れた髪が伽羅の皮膚をなぞり、舌が胸の尖りをちろりと舐め、こね上げる。

「んっ、あんっ」

思ってもみないような声が口から飛び出した。羞恥に頰が熱くなっても竜胆の唇はそのまま伽羅の肌に吸いついている。力強い手が伽羅の膝を立て、勃起した欲望をなぞり、そのまましごきはじめる。

「だ、だめです、や、そんな……」

「最初にきみによくなってほしい」

竜胆の手も唇も容赦がなかった。

「はじめは……かなり痛むはずだ……」

両足を大きく広げられ、伽羅の性器はたらたらと雫《しずく》をこぼしている。先端にあたたかく濡れたものが触れ、包み込んだ。竜胆が自分のそこを咥《くわ》えているのだと知ったとたん、伽羅は目を開けていられなくなった。だがぎゅっと目を閉じると、皮膚の感覚は逆に鋭くなったようだ。何度もきゅっと吸いつかれ、愛撫をくりかえされて、伽羅はあっという間に爆発してしまった。しかし竜胆の舌は何もかも舐め取ってしまう。

解放感に押し流されながら薄目を開ける。竜人の指揮官はたくましい体をあらわにしていたが、下穿きをはいたままだった。薄くぴったりした布ごしに竜人の股間の盛り上がりが見えた。伽羅には異様なかたちに思えたが、すぐに両足を持ち上げられて視界から消えてしまった。浴室で弄《いじ》られたところに何かが触れる。

「やっ、そこはっ」

さっきと同じ濡れた感触に伽羅は思わず体を引きかけたが、竜胆の力は動くのを許さない。さらけだしたすぼまりに舌を這わせられるたび、びくびくと体が震えた。

「あっ、あんっ、そんなっ……ぁあっ」

舌でゆるめたところから竜胆の指が入ってくる。さっきまであると知らなかった快楽の場所をえぐられ、頭の中で白い星が爆発した。

「ああっ、あああぁ――」

「伽羅……」

ささやき声に目を開ける。竜胆のまぶたの下には欲望の影が落ちて、伽羅を見つめる眸も昏かった。仰向けになって両足を広げたまま、伽羅は竜胆が素早く下穿きを脱ぎ捨てるのを見つめていた。そそり立つ陰茎があらわれる。長く、黒っぽく――伽羅はハッと息を呑んだ。二本ある。

「竜人の体はきみとは違うのだ」

竜胆の声にはどこか罪悪感のようなものが滲《にじ》んでいた。

「我々は鍵と呼ぶ」

ポン、と潤滑油の栓を抜く音が響いた。伽羅の体はとっくに竜胆の唾液と自分の体液で濡れていたが、伽羅の股間には竜胆の手から流れた液体がこぼれた。竜胆はとろりと粘る液体を指にまとわりつかせ、また伽羅の中に差し入れる。内側の襞は竜胆の指をびくんと締めつけ、そのたびに伽羅は声もなく震えた。ふと見ると竜胆の股間の欲望はさっきよりも大きくなり、二本の亀頭のそれぞれは小さなまるい疣《いぼ》のようなもので覆われていた。

疣か――棘――？

「伽羅、息を吐け……頼む……」

竜胆が上にのしかかってくる。開いた足のあいだに欲望の先端が触れ、そして――。

「痛っい――いやあああああああ――」

あまりの痛みに伽羅の体はこわばった。上にずり上がろうとしても押さえつけられて動けない。陰茎は伽羅の中に少しずつ、しかし強引に押し込まれていく。切り裂かれるような痛みで伽羅の頭は朦《もう》朧《ろう》となったが、半開きの唇に甘い味を感じたとたん現実に引き戻された。

竜胆の唇が伽羅に重なっている。ねっとりした蜜のようなものが喉の奥へ垂れていく。やがて切り裂かれるような痛みがしびれるような感覚に変わり、伽羅の耳には自分の心臓の音がどくんどくんと響きはじめた。

伽羅の中にいる竜胆が動いた。

「あっ、はっ、ああっ」

自由になった唇で伽羅は喘いだ。さっきとは違う痛み、奥を突かれる衝撃に体はびくびく震える。

「あっ、だめ、いや、いやぁ」

叫んだとたん竜胆の息づかいがすぐ近くに聞こえるようになった。人型では聞こえないはずの音だ。耳だけが獣化したのだと悟ったとき、竜人の指がまさにそこをくすぐった。柔らかい毛がびっしり生えた裏側をなぞられ、愛撫される。

「ああっあんっ」

「ここは獣の方が……敏感なのか」

「やっ、やぁっ」

伽羅が涙目で見つめると指はやっと去ったが、竜胆は激しく腰を動かしはじめた。しびれたような感覚のまま奥を何度も突かれ、伽羅はもう声も出ず、両手でシーツをつかんだまままただ喘いでいるだけだ。時折、意識が持っていかれそうな甘い感覚が走り、ふわっと宙に浮いたように感じた直後、痛みでまた引き戻される。

竜胆の背中がしなるように動き、奥に熱いものが叩きつけられた。ずるりとした感覚と共に伽羅の中にいたものが消える。

終わったと安堵したのもつかの間だった。竜胆は力の抜けた伽羅の体を持ち上げ、うつぶせにさせた。伽羅はシーツに顔を埋めたが、尻に堅いものが触れたとたん体は反射的に逃げ出そうと動いていた。しかし竜胆はそれを許さず、もがく体を荒々しく押さえつけるともう一本の陰茎で深く——ため

らいなくつらぬいた。

「あ――」

自分のものとは思えない声を聞きながら伽羅は何度も揺さぶられ、いつの間にか意識を失っていた。

第7章　奪われた羽根

「狼を〈花〉に選ぶなんて、どうしてそんなことを」

憤《いきどお》る声が伽羅を目覚めさせた。

周囲は薄暗かったが、ベッドを囲むカーテンの隙間から白い光が細く射し込んでいる。伽羅は清潔なシーツと毛布にくるまれていた。声はカーテンの向こう——いや、もっと遠くから響いてくる。大声で話しているわけでもないのに、獣化した伽羅の耳が小さな音を拾っているのだ。

「俺がなぜ怒っているのか、おまえにもわかるはずだ。おまえは何度も地上に来ているのに〈花〉を選ばずに周囲をやきもきさせていた。もう二度と月を離れないのかと思ったら、今回ぎりぎりで選んだのがあの子か。あんな小さな——」

「伽羅は成人しているし、立派な兵士だ。狼族では小柄ともいえない」

竜胆の声だ。伽羅は立派な兵士という言葉にほっとして、肩の緊張が抜けるのを感じた。

「そういう問題じゃない。おまえを相手にしなければならないんだぞ？　どうして狼から選んだ。これまで摘《つ》まれた〈花〉がほとんど熊族だったのは——」

急に音が聞き取れなくなった。中途半端な変身が解けたのだ。伽羅は起き上がろうとしたが、全身がだるくて腕を上げることもままならない。せめてカーテンくらい開けようともがいていると、外から布がめくられた。

「目が覚めたか」

あらわれたのは竜胆と話していた声の主だ。純白の髪が伽羅の目を引きつけたが、老人というわけではない。竜胆と同じくらいの年齢に見える。

「俺は砧《きぬた》だ。ここの医者でな。あんたを診《み》させてもらった。最初に言っておくが、今日の昼間は静かにベッドで過ごすんだ――きっと起きていられないと思うがね。それから三日以内に竜胆の野郎が手を出してきたらでかい声で俺を呼べ。石榴に俺の部屋も用意させたから、いつでも駆けつける」

早口でまくし立てられて伽羅はあっけにとられた。

「わかりました。あの、俺は平気――」

「竜人の〈花〉は楽じゃない」

砧は伽羅の声をきっぱりとさえぎった。

「最初の数回はまっさらな板切れに無理やり鍵穴をこじ開けるようなものだ。体内に錠が完成するまでは相当な負担がかかる」

「錠って？」

伽羅は聞き返した。砧は立ったまま答えを一瞬迷ったように見えたが、体をかがめて伽羅を正面からのぞき込み、噛んで含めるように言った。

「竜人の雄の生殖器は俺たちが鍵と呼ぶもので覆われている。七回の交合で地上の種族の体内には鍵に合う錠ができる。これが〈つがい〉だ」

伽羅はふと気づいた。竜人にとって、つがいという言葉には独自の意味があるのだ。

「ありがとうございます。俺は大丈夫です」

砧は探るような目で伽羅を見つめている。

「嘘じゃないな？」

「ええ。契約書に署名しましたし、これでも兵士です」

新米だということは口に出さない方がいい。砧のひそめた眉を見て伽羅は直感的にそう思った。

「あの、〈花〉は俺にとっては重要な任務ですから」

「種族のためか、狼」

「はい」

砧は軽く肩をすくめた。

「悪いが竜胆は呼び出されてしまった。あんたについていられないのを残念がってたぞ。そこのベルを鳴らせば石榴が来る。欲しいものはなんでも彼に言え。あんたは今、この館で竜胆の次に重要な存在だ」

そのまま去ろうとした砧を伽羅はあわてて呼びとめた。

「砧さん、すみません。お願いがあるんですが」

「なんだ」

「起き上がるのを手伝ってほしいんです」

竜人の助けを借りて伽羅はよろよろと浴室へ行き、砧が出ていくとなんとか自力で用を足した。鏡の前で顔と手を洗い、巻き毛を撫でつける。身につけていたのは厚い布地の肌着で、裾は長く、襟は深く切れ込んでいた。いつ着替えたのかまったく記憶がない。砧か、それとも竜胆が着せてくれたのだろうか。

何気なく鏡を見た伽羅はふと違和感を覚えた。

何かが違っている。

しばらく自分自身を凝視したのち、伽羅はあっと息を呑んだ。おそるおそる襟の切れ込みをのぞき込む。鎖骨の下、胸の中心より少し上の肌に鱗《うろこ》のようなかたちをした痣が浮き上がっている。

変だ。なぜならここには……。

伽羅は襟を両手で広げ、自分の体にあったはずの羽根のしるしを探した。ない。どこにもない。羽根があるはずの胸の中心には黒い鱗形の痣が浮かび上がっている。

伽羅の足はがたがたと震えはじめた。一気に疲労が押し寄せてきたように体が急にだるくなる。

これはいったいどういうことだろう？

よろめきながら浴室を出ると砧はまだそこにいて、伽羅をじっと見つめていた。

「本当に大丈夫か？」

伽羅はうなずき、おとなしくベッドに横になった。


どうして天人が残したしるしは消えたのか。代わりのようにそこにある鱗形の痣は、いったい何を意味するのか。

伽羅の頭には疑問が湧き上がったが、考えても答えが見つかるはずはなかった。思いついたのはひとつだけ、もし昨夜の行為であのしるしが消えて、この痣に変わったのだとしたら――ということだ。

そのとたん伽羅の胸はきゅっと締まって、鈍い怒りのような暗い感情がこみ上げてきた。

ベッドの天蓋を見つめたまま息を止める。なぜ自分が契約を承諾したのか思い出し、沈む気持ちをまぎらわそうとする。伽羅が竜胆の〈花〉になれば、竜人と狼族は強い絆を持つことになり、狼族には恩恵があるのだ。

伽羅はふうっと息を吐いた。昨夜の裸体が脳裏をよぎる。竜人は端整な顔に気づかうような表情を浮かべて、伽羅を決して乱暴に扱おうとはしなかった。たとえ最後は苦痛で気を失ってしまったにせよ、伽羅を思いやってくれたのはたしかだ。思考が竜胆と胸の痣をめぐってくるくる回る。竜胆はなぜ自分を〈花〉に選んだのだろうか。鴉族に温室を襲撃されたあの日、竜胆は伽羅の胸の痣に気づいていた。伽羅が竜胆の目に留まったのはこのせいだろうか?

でも羽根のしるしは消えてしまった、と心の中にいる幼い伽羅がつぶやいた。あれはいつか天人の月白に再会するための、約束のあかしだったのに。

まさか。伽羅は子供っぽい考えを振り払おうとした。そんなものはあやふやな記憶と憧れが混じった思い込みにすぎない。しょせんただの痣なのだ。こんなことに囚われず〈花〉の役目をまっとうすればいいだけだ。それでもやり場のない混乱した気持ちは消えなかった。知らず知らずのうちに胸に手がのびる。伽羅はベッドに横たわったまま痣に爪を立て、力をこめようとした。

「伽羅様。お食事を」

そのとき石榴が扉ごしに声をかけなかったら、いったいどうなっただろう。伽羅自身にも自分の心がよくわからなかった。ただ、ひそかに大切にしていたものを知らぬ間に奪われたような気がしてならなかったのだ。

この日は砧が言った通り、伽羅は夕方までひとりで起き上がることもできず、ほとんどの時間を眠って過ごした。食事はすべて部屋に運ばれ、そのあとは砧が持ってきた薬を飲んだ。

獣三族は怪我に強く、特に狼族は自己治癒力にすぐれている。病気になったこともろくにない伽羅にとって、竜人に手厚く世話をされるのは居心地が悪かった。狼の兵士たるもの、傷など自分で治すものだ。

しかし砧や石榴と少し会話をしただけで、他に話す相手もおらず、部屋の外の様子がまったくわからないこともあって心細さがつのってくる。伽羅は地区警備隊の仲間を思い浮かべた。藍墨は今ごろ哨戒《しょうかい》に出ているのだろうか。木賊は〈花〉の真実を知ったらいったいどう思うだろう。

でも伽羅がいつかこの——任務を終えて街へ戻ったとしても、彼らには何も話せないのだ。

竜胆は夜になってもあらわれなかった。

昼間ずっと眠っていたせいだろうか。眠れないまま伽羅は持ってきた荷物を探り、月語の本を取り出した。読みかけの物語は天人と竜人が月水晶をめぐって争う筋書きだ。地上の話題は何も登場しない。月へ戻れなくなった月人のことも、〈花〉のことも。

夜も更けたころ扉が叩かれ、竜胆があらわれた。伽羅は反射的に本を隠した。

「伽羅、遅くなってすまない。体の調子はどうだ」

竜胆はつかつかと伽羅のベッドに近づくと隅に腰をおろした。竜人の重みでマットが揺れる。

「はい。大丈夫です」

「朝、顔を見せられなくてすまなかった」

「いいえ、俺は別に……」

「伽羅。知らせておくことがある」

竜胆の顔が近づいてくる。大きな手が髪に触れたとたん、なぜか伽羅の体はすくみ上がった。純粋な体の反応に伽羅は驚愕し、竜胆の手を振り払いそうになるのをこらえたが、次の言葉を聞くと、そんなことはすべて吹き飛んでしまった。

「戦争がはじまった。鴉がきみの種族に宣戦布告した。獣三族の同盟に我々も協力する」

——ついに。

藍墨や木賊はどうなるのだろう。たちまち伽羅の思考はそこに囚われた。

「俺はどうなるんです？」

「何も変わらない。きみは私の〈花〉だ」

竜胆はそれだけですべての説明が済んだかのように言った。

「もっと時間を稼ぎたかったが……開戦のせいで先の見通しが立たなくなった。急がなければ」

竜胆の指が伽羅の唇に触れ、愛撫するように顎に触れる。

「ゆっくり休んでくれ。おやすみ」

——戦争。

伽羅が初めて鴉と戦ったのはほんの二日前のことだ。自分や周囲の状況が急激に変わっていくことに伽羅は恐れを感じた。眠りはしばらく訪れなかった。

次に竜胆に抱かれたのは三日後の夜だった。

伽羅はすっかり回復していた。竜人の医者の手当てに加え、狼の治癒力も加わったのだろう。暇を持て余すあまり、庭で基礎訓練をしていたところに竜胆が帰ってきた。

戦争がはじまって竜胆は多忙をきわめている。この二日、竜人の指揮官は伽羅が目覚める前に邸宅を離れ、深夜まで戻ってこなかった。伽羅がベッドでうとうとしているとき、夢うつつに竜胆の声を聞いても覚醒すると姿はなかったのだ。だが今日は日のあるうちに戻ってきた。

伽羅はテラスに上がり、竜胆が他の竜人と言葉を交わすのを遠目に眺めた。夕暮れの光の中、黒い軍服がやけにまぶしく見える。同族に囲まれていても竜胆はあきらかに特別な存在で、姿も雰囲気もきわだっている。ぼんやり眺めていると竜胆は探し物でもあるように周囲を見回したと思うと、伽羅のいるテラスに顔を向けた。

「伽羅」

名前を呼ばれた瞬間、胸のうちがぽんと軽く弾んだような気がした。竜胆は大股でテラスへやってくると、伽羅のすぐ隣に並んだ。

「体は大丈夫か？　そばにいられなくてすまない」

「まさか。竜胆様こそ」

「竜胆、だ。前も言っただろう。様はいらない」

今地上にいる竜人のうち、最も地位の高い相手を呼び捨てにしろと？　困惑した伽羅に竜胆は微笑みかけ、肩に腕を回した。

「今日は晩餐を共にできるな」

竜胆は伽羅に歩調を合わせ、ふたりは共に屋敷へ入った。私室に着替えに行く竜胆を見送りながら、伽羅の心臓はなぜかどきどきしていた。ひょっとしたら竜人の〈花〉という任務を引き受けなくても、自分はこの人に惹きつけられたかもしれない――そんな思いが泡のようにぽかりと浮き上がったのだ。しかし無意識に指で胸の中心をなぞっているのに気づいたとたん、伽羅はまた自分の心を見失った。

晩餐ではふたりとも口数が少なく、伽羅はそのあとすぐ浴室で湯を使った。体を拭きながら考えていたのは、タイミングをみはからって竜胆に胸の痣についてたずねようということだった。石榴や給仕の竜人がいる晩餐の席では聞きたくなかったし、今夜は最初のときより楽になると期待していた。狼は他の獣族より苦痛に強く、治癒も早いのだから。

それなのに――寝室のベッドの上で下穿き一枚の竜胆に組み敷かれたとたん、伽羅は自分自身の体の反応に驚愕することになった。

拒否するつもりはまったくないのに、竜胆に触れられると体が硬直し、獣化がはじまってしまったのである。

「伽羅！」

竜胆の声は伽羅にはっきり聞こえていた。子供じゃあるまいし、襲われてもいないのに変身を制御できないなど恥ずかしいことだ。ところが竜胆の腕の下で伽羅の体は勝手に変わりはじめ、竜人の厚い胸に押さえつけられても止まらない。ついに完全に狼の姿になってしまった。

「伽羅……」

竜胆が小さくため息をついた。

ごめんなさい。

狼の姿のまま発せられた言葉は竜胆に聞こえなかったに違いない。

「私が怖いか」

違う。伽羅はそう言いたかった。それなのに竜人の腕の下で体は尻尾を内側に巻き、恐れと服従の姿勢で震えてしまう。竜胆はまた小さく息をつき、ベッドの上にあぐらをかいた。狼の伽羅を膝に抱き寄せ、背中を撫ではじめる。

背中から首のうしろ、頭。耳の裏側まで優しく撫でられて、伽羅の気分はやっと落ち着いた。今なら姿を変えられる。そう感じたのは間違いではなく、体はふたたび人型に戻りはじめた。

うつぶせの姿勢で腕と足をのばし、皮膚に直接シーツが触れるのを感じたときだ。人のかたちになった手首にくるりと何かが巻きつくのがわかった。

伽羅はうつぶせのまま顔を上げた。黒い紐か革ベルトのようなものが手首を縛っている。はずそうと腕を動かすと、逆にきゅっと締めつけてきた。黒い紐の触れた手首が熱くなり、じんじんと甘い感覚が腕から肩へ、背中へと上ってくる。下半身まで甘く熱い感覚が達して、伽羅は思わず声をあげた。

「あっ……これ、何——」

「……伽羅……」

竜胆のささやきが耳の後ろから響いた。

「きみを傷つけたくないんだ。わかってくれ」

「りんどう――なに――あっ、はぁ――あ……ん」

うつぶせのまま腰をかかえられるあいだも、縛られた両手首から全身に伝わる甘い感覚は消えない。伽羅の下半身はとっくに熱を持ち、竜胆に軽く触れられただけで先走りがこぼれた。何かが尻の奥に入って、中をまさぐり、また出ていく。そんな異物の感覚も甘い疼《うず》きに変わって、伽羅は自ら腰を揺らし、胸をシーツにこすりつけた。自分で触れないのがもどかしくてたまらない。

「伽羅、ああ、なんて――」

竜胆のささやきがひどく遠くに感じられた。とろりと甘い、おだやかな快感の膜にすっぽりと覆われたようで、体から力が抜ける。

しかし突然その膜は破られた。

「あああああ――」

竜胆が伽羅の中に侵入したとたん、体を引き裂く痛みはたちまち数日前の記憶を呼び起こした。伽羅はやみくもに体をよじったが、手首のいましめからは逃れられない。

うつむいたままシーツをかすめる唇に何かが触れる。口の中に侵入し、舌をなぞるそれに伽羅は歯を立てた。蜜のように甘い味がして、思わずごくりと唾を飲むと、引き裂かれる痛みよりもっと強い、熱い感覚が全身を侵した。竜胆が伽羅の中へ、何度も何度もおのれを打ちつけてくる。それも熱い感覚と一体になって、感じているものが痛みなのか、快楽なのか、伽羅には区別がつかない。

「や……あっ……ゆるして――もう……やめ……」

「だめだ……」

竜胆の息が首筋にかかり、突然手首のいましめが解けた。つながったまま背後から抱き起こされ、竜胆の雄がさらに深く伽羅に打ち込まれる。宙に浮いた黒い紐が伽羅の胸に巻きつき、またあの甘い、耐えがたいような感覚を呼び起こした。

「あっあっあっあっ――」

つらぬかれ、揺さぶられて、仰向いた拍子に黒い紐の端が見える。紐――じゃない。あれは翼じゃないか……？　竜人の黒い翼。

「伽羅……私の〈花〉……」

竜胆はさらに深く伽羅の奥へ、自らを埋め込んでくる。えぐられる感覚に気が遠くなり、伽羅はまた意識を失ってしまった。

第8章　黙示の守護

次の日、目覚めた伽羅が最初に気づいたのは鱗形の痣が増えていることだった。浴室の鏡に映る伽羅の胸にはおなじかたちをしたふたつの痣があらわれていたのだ。並ぶと鱗ではなく花びらのようにも見えた。

二回の行為でふたつの鱗。

伽羅は鏡に映る自分を見つめ、痣を指で擦った。ふたつとも、生まれつき肌に刻まれていたように濃い色だ。やはりこの痣は偶然ではない。竜胆にたずねれば答えてくれるだろうか。羽根の痣が消えた理由もはっきりするかもしれない。ただその場合は逆に羽根の痣のことを聞かれるだろうか？

伽羅は幼い日に天人と出会った思い出をこれまで誰にも話したことがなかった。自分でも理由がわからないが、誰かに話すと台無しになってしまうような気がしたのだ。

浴室から戻ると扉がわずかに開いており、人の気配がする。竜胆かもしれないと思った伽羅は扉に手をかけたが、耳に入ってきたのは執事である石榴の声だった。

「……私が交代になる前に、問題がなくなることを願っているのです。本国が次に誰をよこすか──」

「それはあなたが気にすることではない」

答えたのは竜胆だ。伽羅は扉をそのままにして自分に与えられた部屋を調べ始めた。私物はきちんと整頓されて棚に置かれている。隣のクローゼットを開けると、ここへ来た日に石榴が用意してくれたスーツの隣に見慣れない服が何着もぶら下がっていた。どれも上質の布地と仕立てで、普段着とは言いがたい。

伽羅が竜人の〈花〉として契約をしたのは任務のためだ。ただそれだけのことなのに、まるで高貴な身分になったかのように服を何着も与えられるのは奇妙に思えた。でも竜胆がこれを命じたのだと思うと嬉しくもあって、伽羅はどうしたらいいのかわからないままクローゼットを閉めた。兵舎から持ってきた服を身につけ、また扉に近づく。話し声はやんでいた。思い切って扉を開けると、いたのは石榴だけだった。

「伽羅様、おはようございます」

「竜胆様は?」

「もう出られました。ご伝言を預かっています」

石榴は折り畳んだ紙を差し出し、伽羅はその場で開いて読んだ。

『よく眠っていたので起こしたくなかった。具合が悪ければ必ず砧に話すように』

月語で書かれていた。力強い筆跡は直線と尖った角が目立っている。

「朝食は召し上がれそうですか?」

顔を上げると石榴がおだやかな声で言った。さっき扉の隙間から聞こえた声の調子とはかなり違う。

「はい。ありがとうございます」

「礼を言うことではありません。伽羅様には早く慣れていただかないと」

「慣れるって、何に?」

「ここの生活に。今は仕方ありませんが、あなたは私に指示できる立場なのです」

「そう……ですか……」

伽羅は長身の竜人を見上げ、なんと答えればいいのかわからず、口ごもった。

「その――すみません」

石榴はふっと口元をゆるめた。

「朝食のご用意はできています。砧も伽羅様をお待ちです」

この邸宅では、朝食はテラスに面した明るい部屋で供《きょう》される。伽羅が半分ほどたいらげたとき砧がやってきて、堂々とした態度ですぐ前の椅子を引いて座った。給仕の竜人が慣れた様子で新鮮な果汁を運んできた。

「狼は自然治癒力にすぐれると聞いたが、本当なんだな」

伽羅はパンをちぎる手を止め、顔を上げた。砧は驚いているように見えた。

「昨日の夜、意識を失ったあんたを一度診ている。あいつ、今回は縛ったと言ったが、麻酔の効果が消えれば傷は痛む。今日も起き上がれないかと――」

伽羅は思わず口をはさんだ。

「麻酔って？」

砧は顔をしかめた。

「知らんのか。月人の王族は触羽《しょくう》を持っている。これに触れると地上の種族は痛覚が麻痺するんだ」

「触羽って、翼から伸びていたあの……紐みたいな……ものですか？」

「それだ。ほとんどの月人では退化して、ここに痕跡の触羽器官が残るだけだが――」

砧は鎖骨のあたりを軽く指で触れた。

「王族の血筋は後生大事に備えているんだ」

「竜胆様は王族の方なんですか？」

「ああ、そうだよ。知らなかったか？」

「俺はただの兵隊ですよ」

無知を馬鹿にされたように感じて伽羅はむっつりと返したが、砧は笑い出した。

「そうだな。知らなくて当然だ。悪かった。そうそう、伽羅は月語ができるんだってな。竜胆の書き置きもすらすら読んだと石榴に聞いた」

「ええ」

「気が向いたらここの書庫に行くといい。本国の新聞と雑誌と、少しは本もあるはずだ」

食事のあとで砧はまた伽羅を診察した。皮膚の上にかざすだけで体内の映像が見える月製の機械を使うのだが、伽羅にとっては不思議な体験だった。おそらくこの機械にも月水晶が使われているのだろう。

「たしかに治りが早い。さすがだな、狼。明日になれば問題ない」

つまり竜胆とベッドを共にしても大丈夫というわけだ。伽羅は身支度をしながら、ふと砧に痣についてたずねてはどうかと思った。

でもどんなふうに？　痣があるのは砧が気にしている下半身ではなく胸だ。

伽羅はおぼろげに残っている昨夜の記憶をたどった。竜胆が自分にのしかかり、唇で愛撫するところを思い描き、思わず赤くなる。

だめだ。こんなこと、とても聞けない。

医者がいなくなったあと、伽羅はまた手持ち無沙汰なまま取り残された。庭を何周か走り、基礎訓練をして、持ってきた本を読み終わると何もすることがないのである。戦争がはじまっているというのに、兵士の伽羅は豪華な邸宅で暇をつぶしている。

「書庫があると聞いたんですが」

午後遅く、思い切って石榴にたずねると、すぐに広い書庫に案内してもらえた。書店でも見たことがない月語の雑誌に伽羅の心は浮き立ったが、棚にぎっしり詰まった本は読めそうになかった。難しすぎるのである。

棚には辞書もあった。伽羅は椅子に座り、半月遅れで届けられるという新聞の見出しをゆっくり追った。気配を感じて顔を上げると、石榴が少し離れたところでさりげなくこっちをうかがっている。

「飲み物をお持ちしましょうか」

「はい。お願いします」

「勉学がお好きでいらっしゃる？」

伽羅は首を横に振った。

「月語を読むのが楽しいだけです」

「竜胆様から伽羅様は地区警備隊の所属と聞いていたので、読書などあまりされないのかと思っていました。任務では月の種族と関わることがおありでしたか」

「いえ、特に関係はありません。ただ興味があって……」

伽羅は言葉を濁した。ずっと憧れていたんです、と月の住民である石榴に告げるのは気恥ずかしかった。石榴は首を傾げ、励ますようにうなずいて言った。

「竜胆様があなたをお選びになった理由がわかる気がします。あまり時間がない今、伽羅様が〈花〉を受けてくださってよかった」

石榴の言葉には心がこもっていた。おだやかに感謝を述べられて伽羅は照れたが、石榴の話には気になることもあった。

「その、時間がないというのは？」

「竜胆様の滞在期限です。もう二五〇日になります。しかも戦争がはじまってしまった」

そうか。あと二十三日で期限が来てしまうのだ。それまでに伽羅は竜胆と完全な「つがい」にならなくてはいけない。

頭の隅で素早く計算した伽羅の前で、石榴はさっと居ずまいを正した。

「すみません。お邪魔したうえに余計な口を利きました。お飲み物をお持ちします。どうぞごゆっくり」

〈つがい〉について、鍵と錠がどうこうという砧の話は伽羅も覚えていた。でも自分はもう二回、竜胆とベッドを共にしている。竜胆は最低七回と言ったから、あと五回。二十三日あれば十分に思えた。きっと石榴は心配性なのだろう。彼は月でも竜胆に仕《つか》えていたらしい。主人に万が一のことがあってはと案じているのだ。それに竜胆は忙しい。末端の兵士でしかない伽羅には想像もつかないくらい、多くの職務があるようだ。

その日竜胆が戻ったときはもう深夜で、伽羅は眠ってしまっていた。翌朝も、伽羅が起きて部屋を出たとき竜胆はすでに朝食を終えており、すれ違いざまに挨拶《あいさつ》をする時間しかなかった。伽羅は兵営の規則通り起床したというのにこれである。おはようございますと声を張りあげると、竜胆は思いがけず嬉しそうな笑みを返した。

「おはよう。行ってくる」

のばされた手が伽羅の巻き毛をさっと撫でる。わずかな接触にもかかわらず伽羅の胸は高鳴った。今日はきっと早く戻り、ベッドを共にすることになるだろう。

だから伽羅は自分で準備をすることにした。浴室の棚に用意された道具で後孔を洗い、慣らすのだ。ところが竜胆には別の考えがあったらしい。日のあるうちに帰ってきたものの、早めの晩餐を済ませた竜胆は素早く書斎に入ってしまった。伽羅はどうしたらいいかわからないまま竜胆を追って扉を叩いた。

あらわれた竜人はひどく困惑した表情だったが、伽羅を書斎の中に入れた。

「竜胆様、その——石榴さんが、あまり時間がないと——」

石榴の名を聞いたとたん竜胆のひたいに皺《しわ》が寄る。伽羅は口ごもり、言葉を続けられなくなった。

「前も言っただろう。私を呼ぶときは敬称抜きでいいんだ、伽羅。それから——執事に何か聞いたようだが、今夜はよそう。きみに無理をさせる気はない。狼族には辛いだろう。もう少し日を置こう」

伽羅は反射的に言い返した。

「砧さんは問題ないと言いました。それに狼族は治癒が早いんです」

竜胆はすかさず言った。

「二回とも意識を失くしたのに？」

伽羅は言葉に詰まったが、砧の話を思い出した。

「それは錠……ができれば慣れるんでしょう？　俺はあなたの〈花〉になったんです。だからちゃんとやらないと——仲間に顔向けできない。みんな戦いに行くのに——」

最後は小さな声になった。衝動に任せて余計なことを言ってしまったからだ。

うつむきそうになった伽羅の髪に前触れなく竜胆の手が触れた。そのまま顎をつかまれる。唇が重なったとき、伽羅は自分でも気づかぬうちに目を閉じていた。

口づけは優しく、しかし長かった。伽羅はこれまで他の誰ともこんな口づけをしたことはなかった。息をついた隙に竜胆の舌が入ってきて、柔らかく内側をなぶる。やっと唇が離れると、伽羅は竜人の腕にしっかり抱き込まれていた。

「だったら、伽羅……私の〈花〉にしかできない仕事は他にもある。……やってもらえるか」

伽羅はうなずいた。竜胆の腕の下で心臓がどくどく鳴っている。断ることなどできるはずがない。

竜胆は伽羅の部屋へついてくるとクローゼットから一着を選んだ。竜人の軍服に似たスーツである。

「私も着替えてくる」

そう言って、腕にはめた時計をちらりと見た。

「はじまったころだ。最後の方で少し顔を出すつもりだったからちょうどいい」

どこへ行くのかもわからないまま、伽羅は自分の体ぴったりに仕立てられたスーツを着て、磨かれた靴を履いた。あらわれた竜胆は肩章つきの軍服だった。

「伽羅、これをつけなさい――いや、私がつけよう」

伽羅の手首を取り、ポケットからカフスボタンをひとつずつ取り出して袖口を留める。竜人の指が触れる感覚はなぜか伽羅の背筋をぞくりとさせた。

「何があるんですか」

「慈善事業のパーティだ。多種族が集まる。鳥族――鴉族も来るかもしれないが、今の状況とは無関係だと考えてくれ。狼族の高官も来るだろうが、きみは〈花〉として私の横にいるんだ。きみの紹介は私がするから、適当に話を合わせていればいい。できるだけ早く切り上げる」

邸宅を出ると車が待っていた。そういえばここへ来てから初めての外出である。たいして日数が経ったわけでもないのに、贅沢な車の窓から見える街の景色は伽羅の知るものとはずいぶん違って感じられた。夜だったせいもあるだろう。街はさまざまな照明に煌めいていた。車は豪華なホテルの前で止まり、伽羅は竜胆の隣で必死に歩調を合わせて歩いた。

「竜胆様」

パーティ会場の入口にいた男は最敬礼で竜胆を迎え、伽羅にも丁重な礼をする。中に入ったとたん、不思議な匂いが伽羅の鼻を襲った。たくさんの種族の匂いが混ざり合って、奇妙な雰囲気が漂っているのだ。

遠くに天人の白い翼まで見える。街では一緒にいるのを見ない鳥族と獣族が、ここではにぎやかに会話を交わしている。

「どうぞ」

伽羅は渡されたグラスの飲み物を一口啜《すす》った。甘い酒が喉にとろりとあたる。とてもおいしかった。

竜胆の周囲に人が集まってくる。挨拶するたびに竜胆は相手に伽羅を紹介し、伽羅はそのたびにうなずいたり握手をしたり、「ええ」「はい」「そうですね」など、ほとんど意味のない相槌《あいづち》を打った。

誰もが伽羅に対して丁寧で、丁重な扱いである。

最初はそれをこそばゆく感じていた伽羅だったが、だんだん居心地が悪くなってきた。いつまでここにいなければならないのだろう。時間の流れが遅すぎるような気がする。

伽羅は自分に向けられる視線をできるだけ無視して、代わりに周囲の話し声に耳を傾けた。すると華やかで優雅な会場の雰囲気とはそぐわない、不穏な言葉も飛び込んできた。西地区での戦闘が――とか、熊族の領域に鷲が侵入した――とか、月水晶の取引を妨害されている、とか。

そういえばさっき、天人を見た。

「伽羅、疲れたか?」

竜胆が伽羅の腕に手をかけた。ずっと隣に立っていたのに、服の上から感じるぬくもりに伽羅はほっとした。

「もう十分だ。帰ろう。きみがいてくれてよかった」

「そうなんですか？」

「ああ。ひとりだといろいろと面倒でね」

竜胆が歩きはじめると人はいっせいに道をあける。パーティ会場の外に出ると、多種族の混じり合う独特の匂いが消えた。伽羅はほっとして緊張を解いた。ホテルの出口へ向かう竜胆に速足でついていこうとしたとき、白い翼が伽羅をかすめるように追い抜き、竜胆に並んだ。会場にいた天人だろうか。追いかけてきた？

「竜胆」

そのとたん伽羅の胸の奥が疼いた。この声を俺は知っている。

竜胆は白い翼へ顔を向けた。伽羅に話しかけていたときとは別人のような無表情で相手を見る。伽羅は竜胆の斜めうしろに立った。

「久しぶりじゃないか。挨拶もないのか？」

天人が言った。伽羅の内心はまたでんぐりがえった。やっぱりこの声だ。忘れるはずがない。竜人の声より高めで、語尾に震えるような余韻が残る。

「月白。地上にいたのか」

竜胆がたずねた。月白。伽羅は突っ立ったまま唾を飲み込もうとした。口の中が乾いてひりひりする。天人は伽羅にまったく気づいていない様子で、顔はよく見えなかった。

「着いたばかりさ。この状況だろう？　統治階級の宿命で、月への帰還者をまとめるよう仰《おお》せつかっている。きみの役目はこれからが本番だろう、指揮官殿。こんなところで油を売っているとは思わなかったよ」

友好的とは言いがたい嫌味な口調だった。ひっそりと立って聞いていた伽羅の中にじりじりとした焦《あせ》りがこみ上げてきた。この天人は本当にあの月白なのか。独特の声色はたしかに、子供のころ湖のほとりで聞いたものと同じだ。

伽羅は思わず手をのばし、竜胆の腕に触れた。天人は初めて伽羅の存在に気づいたように振り向いた。細面《ほそおもて》の秀麗な目鼻立ちと繊細な顎を白金色の髪がふちどっている。やっぱりこの人だ——そう伽羅は確信した。月からやってきて、自分の胸に羽根のしるしを残したのは。

「その子は何？」

月白が気のなさそうな声でたずねた。竜胆がさっと振り向き、伽羅の腕を取った。

「彼は私の〈花〉だ。行くぞ、伽羅」

そっけない返事に長身の天人は逆に興味を引かれたようだ。行く手をふさぐように伽羅の正面に立つ。竜胆とは正反対の繊細な美貌に見つめられたとき、伽羅はなぜか息を止めていた。鋭い視線が上から下まで眺めまわす。

「伽羅っていうのか。はじめまして」

月白は覚えていないのだ。伽羅の胸は鋭い針で刺されたように痛んだ。

「綺麗な狼じゃないか。残念だな。竜胆の〈花〉でなければ僕が摘んだのに」

「月白」

竜胆の声には警告の響きがあった。彼は天人に鋭い一瞥をくれると伽羅の腕をぎゅっとつかみ、無言で出口へ向かった。

第9章　小さき神

月白は伽羅を覚えていなかった。

邸宅に戻る車の中で伽羅はその事実を胸のうちで噛みしめていた。天人の美しい顔は伽羅の記憶に焼きついているものと同じだ。あのとき月光に照らされながら、月白はたしかにあの声で伽羅の名を呼んだはずだ。

伽羅の手は勝手に動き、胸元を押さえた。ここにはずっと羽根のかたちをした痣があった。これも幻だったのだろうか？

そんなはずはない。この痣は約束のしるしだった。今はなくなってしまったとしても。

動揺する伽羅の隣で竜胆は見るからに不機嫌な様子で黙り込んでいた。腕を組んで何事か考え込んでいるが、横顔にはパーティへ行った時と正反対の厳しい表情が浮かんでいる。ちらちらと竜胆を見ているうちに伽羅はだんだん不安になり、おかげで月白や胸の痣について考えられなくなってしまった。

ひとことも話さないうちに車は竜人の駐屯地のゲートをくぐっている。邸宅の前で竜胆は黙ったまま車を降り、伽羅もそのあとに続いた。玄関では石榴が待っていた。

「お帰りなさいませ。何かあたたかいものでも――」

「いや、いい」

石榴の言葉を竜胆は性急にさえぎり、荒々しく感じられるくらい素早く、伽羅の手首をつかんだ。

「伽羅」

「は、はい！」

「来るんだ」

伽羅は手を引かれるまま階段を上った。竜胆は伽羅がいつも眠っている部屋とは反対の方向へ進んでいく。廊下のつきあたりにある両開きの扉を通り抜けると、巨大な暖炉《だんろ》に赤々と火が燃えているのが目に入った。それ以外の光源は卓上ランプだけで、部屋は半分が影になっている。竜胆は暖炉の前に伽羅を押しやった。

「脱ぎなさい」

「竜胆……様」

「りんどう、だ！」

怒ったように発せられた声は大きく、伽羅の体はすくんだ。

「脱ぐんだ」

伽羅は黙って上着を脱いだ。カフスボタン、シャツのボタンと、順番にはずしていく。腰に暖炉の熱があたる。竜胆は伽羅のすぐ前に立ち、見張るような、睨むような視線を投げつけてくる。伽羅の上半身があらわになると竜胆は両手をのばし、伽羅の首を囲み、指で喉をたどった。

「きみは私の〈花〉だ。そうだな？」

指が胸の中央の痣に降りていく。竜胆は体をかがめ、鱗形の痣をのぞき込む。伽羅はうなずくことしかできなかった。竜胆の迫力に押されて獣型にならないよう、自分を抑えるので精いっぱいだ。

「私の〈花〉……」

竜胆は伽羅の前に膝をついた。残りの衣服を床へ引きずり下ろし、唇を剥き出しの皮膚に押しつけてくる。胸の尖りを舌でちろちろと弄られ、股間に熱が集まりはじめる。

「渡さない……月白になど……」

暖炉の前で立ったまま、下半身をさらしていることが恥ずかしくてたまらない。それでも竜胆の吐息に混じってその名が宙に吐き出されると、伽羅はたずねずにはいられなかった。

「竜胆、あの人は……」

「敵だ」

「俺はきっとあの人に会ったことが――」

月白や胸の痣について竜胆と話したかった。でも竜胆はそんな暇を与えず、伽羅を暖炉の前に引き倒した。ぶ厚い絨毯に背中を押しつけられ、のしかかる竜人の重さに呼吸が荒くなる。布が裂ける音が聞こえ、獣の咆哮《ほうこう》に似た唸り声が響いた。すくみ上がった伽羅の目に巨大な黒い翼が映る。竜胆の背中に立ち上がるように広がっている。天人の、鳥族に似た白い翼とはまったく違うものだ。艶のある漆黒の膜を細い骨が支えている。

竜胆はいまいましそうに体を揺らし、すると裂けた服がはらりと落ちた。両翼の先端から黒い紐がのびてくる。紐のひとつは伽羅の首に巻きつき、もうひとつは右の腕に、さらに胸の上をのびて左腕に巻きついた。

触羽だ。砧が教えた名前が頭をよぎったが、それがきゅっと伽羅を締めつけたとたん、感覚がおかしくなった。頭がぼうっとして、まわりのすべてが遠いところへ退いていくように思えたのだ。

伽羅の意識は心地よい薄い膜にすっぽりくるまれ、ふわふわと虚空《こくう》をさまよいはじめた。両腕と首を拘束されているにもかかわらず、伽羅の意識はうっとりするような心地よさを味わっている。口の中にあたたかいものが入ってくる。竜胆の舌だ——とても甘くて、信じられないくらい美味しい。もっと……欲しい。

そう思ったとたん体がかっと熱くなり、心は満たされたいという欲望でいっぱいになった。伽羅は物欲しげな目で竜胆を見つめ、唇を半開きにして誘うように下肢をくねらせた。大きな手が伽羅の太腿に触れる。それだけで溶けたように下半身が開き、後孔がひくひくと疼く。中をゆっくりまさぐる指に快楽の場所をこすられると、そのたびにぴくっと全身が跳ねた。だが伽羅の心は甘い渇望でいっぱいで、もっと強烈なものを待ちかまえていた。

両足を大きく広げられ、腰を高く持ち上げられる。異種族のペニスが繊細な襞をかき分けても伽羅はなんの痛みも感じなかった。それどころかしびれるような快感の波に全身がさらわれていく。

「あ、ああああ——あっ、あっ、あっ、りんどう、りんどう——」

竜胆は激しく伽羅を揺さぶり、奥をえぐるように打ちつけてくる。竜胆が動くたびに伽羅の意識は甘い波に揉まれ、遠くの方へ投げ出された。熱いものがどっと腹の奥に吐き出されると、内側の襞がひくひくと竜胆の雄を締めつける。さらにもう一本のペニスが中に入ってくると、鍵を回すように伽羅の中は広げられた。そのまま揺さぶられ、襞をかきまわされる。

激しい衝撃にもかかわらず伽羅の全身はどっぷりと快楽に浸されていた。波に揺られているあいだは口を利くこともできない。もう一度腹の奥に熱いものがほとばしったとき、伽羅の心は白い靄《もや》の中をふわふわと漂っていた。

暖炉の熱や絨毯の肌触りに気づくまで――外界をふたたび感じられるようになるまで、どのくらいかかったのか。伽羅には時間の感覚が失せていた。世界と自分を隔てていた甘い膜が消え、今はじんじんとしびれるような感覚が全身を侵している。体が宙に持ち上げられるのがわかった。竜胆の力強い腕が伽羅をベッドに横たえる。

黒い翼は竜胆の背から消えていた。交わる直前に伽羅を恐れさせた雰囲気も今はない。代わりに竜人の眸には昏い憂いが澱んでいる。

「俺……大丈夫だったでしょう……竜胆……」

伽羅は口を開いたが、かすれた声しか出なかった。竜胆は首を横に振り、いまだにしびれたままの伽羅の下半身からそっと布をはずした。

「じっとして。砧の指示通り手当てをする」

布を染める血の赤に伽羅はどきりとしたものの、それが自分の傷だという実感がなかった。下半身にはほとんど感覚がなく、横たわったままでは竜胆が何をしているのかもわからない。黙りこくっている竜胆に伽羅はぼそぼそと話しかけた。

「あなたのその……触羽が痛みを取るって、砧さんに聞きました。最初のときもこうすればよかったのに。その、つがいになるまで？　すごく気持ちがいいところに連れていかれたみたいだ。どうして最初からこうしないんですか？　これなら七回くらい簡単なのに」

竜胆の声は暗かった。

「残念ながら簡単じゃない。私は我を失っていた。きみにひどいことをした。この傷はそのうち痛みはじめる」

「あなたの翼があれば大丈夫だ。俺はあなたの〈花〉ですから」

「伽羅……」

竜胆はため息をつくと立ち上がり、影になったところへ消えた。戻ってきたときはガウンを羽織っていて、手には水のグラスと丸薬があった。

「砧が処方した薬だ。飲みなさい」

伽羅はおとなしく丸薬を飲み下した。ベッドは三人でも眠れそうなくらい大きかったが、竜胆は横になろうとしない。座って伽羅を見下ろしている。

「伽羅、大昔の話をしてあげよう。月人が気まぐれに地上へ来ていた時代、きみたちがまだ文明と呼ばれるものを持つ前のことだ」

子供に寝物語を聞かせるみたいだ。そうは思ったものの、伽羅はおとなしく耳を傾けた。

「今の竜人で触羽を持って生まれるのはかぎられた血統だけで、ほとんどの竜人には触羽器官と呼ぶ痕跡しかない。しかし当時の竜人はみな触羽を持っていた。そのころも竜人には文明があったが、今よりはるかに未熟なものだった。そのころの竜人は地上の種族を狩り、触羽で縛り、自分の欲望を満たすために奴隷にし、飽きれば捨てて月に戻った。そのころ〈花〉は存在しなかった。誰も地上に留まるつもりがなかったからだ。竜人にはなんの問題も起きなかった。だが竜人に触羽で縛られた地上の種族はそうはいかなかった」

竜胆は小さく息をついた。

「触羽の効果はただの麻酔ではない。これは本来の感覚を歪ませてきみたちを快楽に溺《おぼ》れさせる毒だ。二、三回ならまだ引き返せる。だがくりかえし縛られるうちに毒はきみたちの深部に沈み、やがてこれなしでは何も感じられなくなってしまう。かつて月人に捨てられた者は触羽の中毒に苦しんだあげく、知覚を完全に失って死に至った。それに触羽の悪影響はそれだけではないのだ。縛られているあいだ、地上の種族は本来の自分を失って月人の言いなりになってしまう。記憶を消したり変えることも……」

伽羅は黙って竜胆の話を聞いていたが、ふと月人という言葉に引っかかりを覚えた。

「天人も触羽を持っているんですか？」

「ああ。太古はもちろん、今も竜人よりも触羽を持つ血統は多いと聞く。天人の場合は触羽があることが統治階級の条件だ。触羽の能力は他にもあるが、種族による違いや、個人差も大きい」

では月白にも触羽があるのかもしれない。伽羅は天人と出会った遠い夜に思いをはせたが、竜胆の触羽に似たものは何ひとつ思い出せなかった。

黙ったままの伽羅を見つめて竜胆は両眉を寄せた。

「伽羅、私はきみに触羽を使うつもりはなかった。最初に交わったときは本当にそう思っていた。だが二度目……きみがあまりにも怯えていたので……私は誘惑に負けてしまった。そして今日は衝動に負けてしまった。しかし次はない。許してほしい」

伽羅は竜胆を見つめ返した。

「そんなこと、話さなくていいのに。あなたが黙っていれば俺にはわからないでしょう？」

竜胆は即座に答えた。

「いや、きみは知らなくてはならない。たとえば私がきみに何も告げず、触羽の快楽と毒で侵したあげくいなくなってしまったらどうする？　私は月人だ。本国の都合次第で、きみを残して月に戻り、二度と地上へ降りないこともありうる。それでも私にはなんの問題もない。月にいるかぎり〈花〉はいらないんだ。だが何も知らなければきみはただ月に焦《こ》がれ、私を求めるだろう。本当は私を憎むべきなのに。そんなことは……許されてはならない」

「でも触羽がなかったら……今日も俺は変身してしまって、あなたを困らせたかも。それでは契約が果たせません」

竜胆は昏い目で伽羅を見た。

「そうだな。きみは種族のためにここにいる。とはいえ……」

伽羅はまた考え込んだ。

「あなたは俺に憎んでほしいんですか？」

「まさか。だが歴史をたどると、私の血族は必ずしも誠実とは言えなかった」

伽羅の感覚はゆっくりと元に戻りつつあった。下半身を中心にじわじわと痛みが襲ってくるが、頭の芯には眠気がまとわりついてくる。砧の薬のせいだろうか。伽羅はぼそぼそとつぶやいた。

「竜胆、俺はあなたを信じます」

伽羅が次に目覚めたとき、鱗形の痣は三つになっていた。ふたつめの痣の斜め下、同心円を描くような位置で黒々と存在を主張している。

眠りに落ちる前に竜胆にいろいろ話してもらったのに、痣について聞くことをすっかり忘れていた。でも今となってはどうでもいいような気もした。月白は伽羅のことを覚えていなかったのだ。今の伽羅にとって重要なのは一日も早く竜胆と完全なつがいになること、それだけのように思えた。

きっとそれは昨夜の竜胆のまなざしのせいだろう。濃い紫の眸には嘘がなかった。とにかく今はこの人についていこう——眠りに引き込まれる直前、伽羅はそう思ったのだ。

伽羅が眠っていたのは竜胆の寝室だったが、部屋の主人はもうおらず、石榴と砧が伽羅の目覚めを待っていた。

「俺は大丈夫ですよ」

開口一番、伽羅はそう言った。たぶん自分を見る二人の目つきがあまりにも深刻そうだったせいだろう。

伽羅の声を聞いた石榴は静かにベッドの横を離れ、砧は肩をすくめた。

「だったらよかった。竜胆にとってあんたは小さな神様みたいなものだからな」

伽羅はベッドに横たわったまままばたきした。

「どういう意味ですか?」

「口には出さないが、あいつはあまり月が好きじゃないんだ。幸い雄だから〈花〉を持てば地上に留まれる。しかし選んだ相手には大きな負担を強いることになる。竜人は必ずしも〈花〉とうまくいくわけじゃない。だからこそ契約があるんだ」

「雄だから？〈花〉を持てるのは雄だけなんですか？」

「ああ、そうだ。天人も竜人も月人の女は地上にずっと留まれない。だから女性の伴侶がいる月人は〈花〉がいても地上に居つくことは少ないな。でも竜胆は独身で地上が大好きだし、あんたは契約以上のことを竜胆にしてやってるみたいだ。あいつ、今朝はあんたを拝《おが》まんばかりだったし、あんなに幸せそうな顔を見たのは久しぶりだ」

「そう……ですか？」

「そうだよ」

砧の口元にふっと笑いが浮かぶ。

「無自覚か。参ったな」

伽羅はまたまばたきをした。

「俺は契約しましたし……」

砧はそれ以上話すなというように手を振った。

「あんたはよくやってる。今回竜胆は無茶したみたいだが、あんたは治りが早いし、錠もかなりできたようだ。次は楽になるだろう。あいつが触羽に悩まずに済めば話はもっと簡単になる。なあ、伽羅。竜胆をどう思っている？」

え？　伽羅はとまどった。

「どうって……」

「あいつを気に入っているか？　好きか？」

「そんなの……」

伽羅はつかえながら言った。

「竜胆は立派な、信頼できる人で……優しくて……格好いいし……」

不意打ちだったとはいえ、馬鹿なことを口走っているのに気づいて頬が熱くなる。

「好きって、その……」

「悪い悪い。野暮なことを聞いたな」

砧は伽羅の髪を軽く撫でた。伽羅を見る視線はあたたかく、からかっている雰囲気ではない。

「それでいいんだ、狼。その調子で頼む」

部屋でひとりになってからも伽羅の頭には砧の問いかけがこだましていた。竜胆を好きか、だって？

かの人の顔がまぶたの裏に浮かんだ。力強く、美しい顔と、彫刻のような肉体、その翼。それに声。

想像しただけで甘い疼きが自分を満たし、心の底が揺さぶられる。

伽羅は横たわったまま身じろぎ、ため息をついた。竜胆に会いたかった。

第10章　狼の月

竜胆は決して、連日伽羅を抱こうとはしない。

もちろん職務の都合もあるに違いない。伽羅は二晩続けて深夜まで竜胆を待った。待っているあいだは、階下の居間で石榴に月語を教えてもらうのである。

初対面のころにくらべると、石榴をはじめとした邸宅の竜人と伽羅はずっと親しい雰囲気になった。伽羅は書庫から本を一冊選び、石榴の助けを借りて読み進める。難しい言葉を言い換えてもらい、発音を直してもらい、言葉の背景にあるものについて質問する。

ちょうど石榴に本を読み上げてもらっているとき、竜胆が帰ってきた。執事は気まずそうな表情で出迎えに行かなかったことを詫びたが、竜胆は珍しいものを見たと言って笑っていた。

居間に用意された夜食を竜胆が食べているあいだ、伽羅は横で果物をつまんでいた。そのまま寝室へ行くつもりだったのに、食事を終えた竜胆は「もう遅いからおやすみ」と言って立ち上がった。そのくせ去りぎわに伽羅の耳の横に口づけるものだから、心臓がどくんと跳ねてどうしようもなくなる。ところが竜胆ときたら気づいた様子もない。

翌日の夜も同じように過ぎたが、その次の日、竜胆は早い時間に帰ってきた。向かい合わせで晩餐を取っている最中から伽羅の心拍は速くなり、竜胆のささいな仕草に惹きつけられて、まるで酔ったような心持ちだった。食事を終えてふたり同時に立ち上がり、廊下に出たとき、伽羅は竜胆を見上げて言った。

「あなたの好きなようにしてください」

竜胆は黙って伽羅の肩を抱き、この前とおなじように自分の寝室にいざなった。おなじように暖炉で薪《まき》が燃えている。伽羅は黙ったまま着衣を脱ぎはじめた。竜胆はなぜか扉の前に立ったまま、伽羅をじっと見つめている。

「竜胆？」

「きみは綺麗だ」

低い声に伽羅の頬が燃えた。

「それはあなたのことだ」

竜胆は首を横に振り、大股で伽羅に近寄ると胸の痣に触れた。

「今日で半輪になるはずだ」

「半輪？」

「輪がひとつにつながればつがいのしるしになる。私の〈花〉」

痣が意味することを悟って伽羅はハッとしたが、竜胆に唇をふさがれると思考は止まってしまった。舌を深く吸われ、裸の背中を愛撫される。晩餐の前に伽羅は浴室を使って準備を終えていた。腰から下へ竜胆の指がさがり、すでに解されている後孔をなぞる。

「伽羅、ああ……」

押されるようにしてベッドに導かれ、横たえられる。伽羅にのしかかりながら竜胆は上着を脱ぎ捨て、半裸になった。胸の尖りを竜胆の肌で擦られるだけで伽羅の下半身は熱くなる。しかし竜胆はいそがず、唇と指、それに潤滑油を使って伽羅の全身を愛撫しはじめた。焦らされたあげく快感に追い上げられた伽羅が懇願するのを楽しむかのように。

蕩《とろ》けた後孔に竜胆がおのれを突き立てたときも、体はほとんど痛みを感じなかった。竜胆が腰を揺すって奥を突くと、伽羅の中は勝手にうねり、きゅっと締めつける。竜胆の二本のペニスは伽羅に交互に精液をそそぎ、あふれた白濁は重なる皮膚のあいだで淫靡《いんび》な水音を立てた。

この夜、伽羅は気を失ったりしなかった。疲労でうとうとしてしまっただけだ。

気がつくと竜胆が手ずから伽羅の肌を清めているところだった。綺麗なシーツに赤ん坊のようにくるまれ、毛布をかけられる。このまま竜胆が行ってしまうのではないかと、伽羅はあわてて手をのばした。黙ったまま子供のようにただ竜胆の手首を引く。竜人がうっすらと微笑み、毛布の下に入ってくる。

太い腕に抱かれて伽羅のまぶたは重くなった。眠りのとばりの向こう側で、いたわる声がそっとささやく。

「おやすみ、私の〈花〉」


次に伽羅が目覚めたときも竜胆はまだ隣にいた。ベッドの背板にもたれ、裸の胸をさらして新聞を広げている。半分開いたカーテンから朝の光が入ってきていた。

「おはよう、伽羅——どうした？」

伽羅はあわてて竜胆から視線をそらした。

「な……なんでもありません」

いったい何が起きたのか、自分でも思いがけない強い気持ちが湧き上がり、胸の奥が絞めつけられるように苦しい。竜胆は不思議そうな表情だった。伽羅はごまかすようにたずねた。

「どんなニュースがありますか？」

「読みたいか？」

竜胆は体をずらし、伽羅も上半身を起こして背板にもたれた。新聞は獣族の通信社が発行しているものだった。見出しにざっと目を走らせたが、はじまって間もない戦争がどんな状況なのかを知らせる記事はほとんどなかった。

竜人の駐屯地にいる伽羅にはこの数日の具体的な戦況はまるでわからなかった。たぶん狼軍にいたところで一兵卒にわかることなどたかがしれているに違いない。それでも木賊や藍墨がどうしているか考えたとたん、仲間からひとりだけ離れてしまったことをひしひしと実感した。彼らはまだおなじ地区をパトロールしているだろうか。それとも前線の方へ送り出されてしまったのか。

「戦闘はこの地区には及ばないだろう」

伽羅の表情を読んだように竜胆が言った。

「早めに片を付けられるように我々も協力する。戦争など長引かせるものではない」

伽羅はうなずいた。竜胆の手が新聞の端にかかり、不意に止まる。

「狼の仲間と一緒にいたいか」

思わず伽羅はうなずいてしまい、あわてて弁解した。

「今はここにいるべきですから」

「伽羅、きみも戦っているようなものだ。引け目に感じるな」

竜胆の指が新聞をめくる。湖のほとりでキャンプする家族連れの写真が載っていた。記事では週末の行楽地のにぎわいが紹介されている。戦争がはじまったといっても前線は遠く、民間人のほとんどはこれまで通りの生活を続けている。

「楽しそうだ。月にこんな湖や空はない」

羨《うらや》ましそうな竜胆の口調に伽羅は少し驚いた。

「でも、月水晶のようなすごいものは地上にはありません。学校でも軍でも、月水晶の技術で地上の生活はとても便利になったし、街は綺麗になったし、昔のような病気もなくなったと教わりました。それに……写真でしか見たことがないけど、月水晶の結晶はすごく綺麗でした。湖はたしかに気持ちいいけど、どこにでもあります」

竜胆は口元をほころばせた。

「伽羅にとってはそうだろうが、地上に憧れる月人もいるのだよ。月と地上、どちらが劣っているわけでもない。戦争で損なわれないことを祈るばかりだ」

扉を叩く音が響いた。伽羅は思わず体をこわばらせたが、竜胆は平然としていた。

「入れ」

あらわれた石榴は裸でベッドにいるふたりを見ても眉ひとつ動かさなかった。

「朝食はどういたしましょう。お運びしましょうか」

「いや。支度をして下へ行く。伽羅の服を持ってきてくれ」

浴室で体を洗いながら、伽羅は少し困惑していた。竜胆の声を聞き、視線を向けられるだけで胸が高鳴り、吸い寄せられるように見てしまうのである。いくらでも見つめていられるし、そばについていたいと思ってしまう。

（あいつを気に入っているか？　好きか？）

砧の言葉を思い出して、あのときとおなじように顔が火照《ほて》った。胸元を見下ろすと鱗の痣が一枚増えていた。竜胆が言った通り、他の三枚と半円を描くようなかたちに並んでいた。この痣が輪になったとき、伽羅と竜胆はつがいになる。二七三日を過ぎても竜胆は地上に留まれるのだ。

そのあと俺はどうなるのだろう？

ふとそんな疑問が浮かんで落ち着かない気分になった。つがいになったあとの自分の役割について伽羅は完全に失念していた。ずっと竜胆と一緒にいられるのだろうか。それとも狼族のもとへ帰されるる？


着替えて浴室を出ると竜胆はまだそこにいた。細長い箱から銀色の鎖を取り出して「これをつけてほしい」と言う。見ると硬貨ほどの大きさの円盤が吊り下げられたペンダントだった。円盤の表面には星形を複雑に組み合わせた模様が刻まれている。

「裏を見てくれ」

竜胆がうながしたので伽羅は円盤を裏返した。月語で伽羅の名前が刻まれている。

「これは竜人のあいだで伽羅の身元を証明する。見れば誰でも伽羅が私の〈花〉だとわかるのだ。いつでもつけていてほしい」

「わかりました」

「私につけさせてくれ。いいか？」

伽羅はうなずいて竜胆に背を向けた。うなじに竜人の指先が触れると、昨夜のことが勝手に頭に浮かんできて、また頬が熱くなる。銀の鎖はしなやかに伽羅の首に寄り添い、名前を刻んだ円盤が胸の痣の上で揺れた。

朝食はなごやかな雰囲気で、伽羅はいつもよりたくさん食べた。竜胆は新聞を読みながらゆっくり食べていたが、すでに食べ終えた伽羅に気づいたらしい。

「伽羅、今日は何か予定はあるか」

「いいえ」

予定どころか、俺も何か仕事をくれませんか。あなたがいないときにもできる仕事を。伽羅はそう言いたかったが、休日の竜胆にそんなことを言うのもためらわれた。

「だったら少し——」

竜胆がそう言いかけたとき、石榴が小走りにやってきた。

「いそぎの連絡です」

「ありがとう」

竜胆は立ち上がった。

「伽羅、またあとで」

笑いかけられたとたん、伽羅の胸の奥は喜びでどくんと騒ぎ、頬がかっと熱くなった。ところがしばらく待っていても、大股で出ていった竜人は部屋に戻ってこない。やがて石榴がひっそりと伽羅のもとへやってきた。

「竜胆様ですが、緊急の会議が入ったとのことです」

伽羅は落胆をおもてに出さないよう努力した。竜胆はその日遅くまで帰らなかった。


「明日から三日ほど留守にする」

竜胆がそう告げたのは二日後の夕食の席である。

「お出かけになるんですか」

声がぶっきらぼうに響かなかったか、たずねたあとで気になって、伽羅はそんな自分に少し苛立った。

「視察に行くことになった。ああ、作戦ではないよ、伽羅」

竜胆がそうつけくわえたのは、伽羅の眸に不安が滲み出てしまっていたせいだろうか。

「どこへ行くのか聞いても?」

「いや、知らない方がいいだろう。若干微妙な状況がある。三日で戻るから、伽羅はここで待っていてくれ」

つがいになる期限までまだ十数日ある。連れていってもらうわけにはいかないのだろうか。そう思っても、待っていてくれと頼まれると口に出せない。

竜胆に対する伽羅の気持ちはこの数日で急激に変わっていた。畏敬の念と共に竜胆を見つめていた初対面の日がはるか昔のことのように思える。〈花〉になることを承知した日や、羽根の痣が消えていることに気づいたときの気持ちからも今の伽羅は遠かった。何しろ竜胆がいないときでさえ、気がつくと彼のことを考えているのだ。庭で基礎訓練をしている最中に胸の上でペンダントが揺れると、奇妙なほど誇らしい気分が湧き上がってきて、竜胆に会いたくて仕方なくなる。

三日も留守にするというのを聞いて嫌だと思ったのは、単に伽羅が竜胆と離れていたくないからだ。羽根の痣のことを伽羅はもう考えなかった。月白が伽羅を覚えていなかったことや、竜胆が触羽について正直に話してくれたことがきっかけだったに違いない。一方で伽羅の心の底には小さな疑惑も生まれていた。触羽にまつわる月人の暗い歴史を聞いてからというもの、子供のころ月白に会ったときの記憶があやふやなことが気になるのだ。自分は何か大事なことを忘れているのではないか。そんな気がしてならなかったが、竜胆が目の前にいる今はそれもどうでもいいことだった。

食事を終え、伽羅は竜胆について部屋へ行った。扉が閉じた瞬間につま先立ちになり、竜胆の唇を奪う。こんなことをするのは生まれて初めてで、即座に荒れ狂うような口づけが返ってきたときは息が止まりそうになった。竜胆の舌に翻弄され、溺れたようにふらふらになって、厚い背中にしがみつく。ペンダントが肌の上でこすれた。そのままベッドへ連れていかれて裸になったあとも、竜胆は長い時間をかけて伽羅を愛撫し、悶《もだ》えさせる。しまいに待ち切れず、ため息をつき、伽羅はねだるように自ら尻を差し出す。何をされてもよかったし、触羽の拘束など必要なかった。

だがこの夜はそれだけでは終わらなかった。竜胆の雄を受け入れ、揺すられたとき、頭の芯が白くなるような快感が伽羅をつらぬいたからだ。

「りんどう——ああっ、あ、あ、あ——」

「伽羅……気持ちいいか？」

「いい——いいです——あ……そこっ——あんっ、やぁっ……」

竜胆は伽羅を思うままに叫ばせ、白い快感に持っていかれるままにさせた。一度竜人の熱い飛沫を受けとめたあと、伽羅は背中で息をつくほど呼吸が上がっていた。だが竜胆はまだ終わっていない。

「りんどう、そこにいて……」

伽羅は上体を起こし、ベッドに座る竜胆の首に両腕を絡め、その背中をシーツに倒そうと体重をかけた。

「伽羅？」

「りんどう……」

仰向けになった竜胆の胸に手をつき、伽羅は自ら腰を上げ、いまだ白濁を垂らしている後孔に竜人のいきり立つ雄——もう一本の雄をゆっくり飲み込んでいった。一度根元まで咥え込んでから、上体をそらし、腰を上下させる。

なまめかしく腰を揺らすたびにペンダントが揺れた。伽羅の中の秘密の場所を竜胆のペニスがこじ開けていく。電流のようにつま先まで達した悦《よろこ》びを味わうだけで、他のことは何も考えられない。

「んっ、ああっ、あんっ」

「ああ、伽羅……綺麗だ……」

「お願い、そこ——ああんっ」

あなたが好きです。

竜胆のほとばしる熱を受けとめながら、伽羅の心は何度もそう叫んだが、喘いだり叫んだりするので精いっぱいで、言葉にはならなかった。翌日の朝、伽羅の胸には五つめの痣が鮮明に浮かび上がっていた。

第11章　欺《あざむ》かれる耳

夜の空にまるい月が輝いていた。

白い光輝がまぶしく、他には何も見えなかった。伽羅の背中は氷のように冷たいものに押し当てられ、それ以外の感覚がまったくなかった。恐れがじわじわと伽羅の心を覆う。叫びたいのに声も出ない。

これから恐ろしいことが起きる。伽羅にはそれがわかっているのに、逃げられない。ひたいに何かが触れ、全身にビリリッとした感覚が走る。

「やっ、嫌、イヤ――――！」


文字通り飛び跳ねるようにして体を起こし、やっと今の光景が夢だったとわかった。伽羅がいるのは天蓋に覆われたベッドの上だ。いい匂いのする清潔な寝具にくるまっている。天蓋の覆いをめくると、窓から月がほの白い光を床に投げかけていた。

月の光に誘われるように伽羅は立ち上がり、窓の外を見た。模様を描くように刈り込まれた樹木の外を警備の兵士が歩いていく。竜人の長身が道路に長い影を引いている。

こんな夢を見るなんて、子供じゃあるまいし。

そういえば昔はよく怖い夢を見て泣きながら目覚め、両親を心配させたのではなかったか。決まって今のように月がまぶしい夜だった。目覚めたときには夢の内容をすっかり忘れているのだが、感じた恐怖の後味だけはしばらく残って、また眠りにつくのが怖くなる。今のように。

伽羅は身震いし、ガウンを羽織ると扉を押して廊下に出た。橙色《だいだいいろ》の足元灯が柔らかく輝いているだけで、邸宅は静まり返っている。階段を降りる前に伽羅は自分でも気づかないうちに竜胆の寝室の方を見やっていた。扉は閉じたままで、部屋の主人はまだ戻らない。

「伽羅様」

厨房の入口に立ったとたん、石榴の声が斜めうしろから聞こえた。

「ベルを鳴らしてくだされればよかったのに。お飲み物でも？」

急に声をかけられても怖くはなく、竜人の執事がそこにいるとわかって逆にほっとした。伽羅は大きくうなずいて言った。

「夜中にすみません」

「遠慮はいらないと申し上げたでしょう」

あっさりした言葉だが、響きはあたたかかった。

「眠れないのですか？」

「夢を見て――眠れなくなりそうだったので」

「気分が落ち着くお茶を差し上げますよ。お部屋にお持ちしましょう」

「いや、ここでいいです」

半分だけ明かりをつけた厨房の壁は銀色に磨かれた調理台や棚に覆われている。石榴は手慣れた様子で茶葉やカップを取り出し、湯を沸かしはじめた。伽羅は調理台の横の丸椅子に座り、執事が優美な手つきで飲み物を用意するのをぼうっと見つめた。

「竜胆様が気になっておられますか？」

さりげなく問われてどきりとする。竜胆が視察へ出て今日で四日である。山間部に加えられた鴉族の奇襲でこの地区へ通じる最短の道が通行不能になった、そんな報道と同時に鹿族の飛脚が伽羅に竜胆の手紙を持ってきた。鹿族は獣型になれば狼族よりも足が速く、月水晶による技術が普及したあとも遠距離の速達では鹿族の飛脚便が使われている。飛脚便は内気で臆病な性質ゆえに同族だけでまとまりがちな彼らが他種族と関わる数少ない接点のひとつだ。しかし伽羅が封書を受け取っても相手は目も合わせなかった。

竜胆があえて軍の通信手段を使わずにわざわざ飛脚を頼んだのは、これが伽羅への私信だったからに違いない。もっとも内容は簡潔で長いものではなかった。竜胆が移動していると悟られないよう、陸路で戻っているため時間がかかるのだという。飛翔すればずっと速いが、今の状況では目立ちすぎる。早く帰ってきみに会いたいと最後に書いてあった。

竜胆の思いを受け取ったような気がして伽羅は嬉しかった。だが戻りが遅れた理由を考えると心おだやかではいられない。新聞の報道はさして深刻な調子ではないが、鴉族は複数の地区に猛攻をかけている。

「道がふさがれるなんて」

伽羅は渡されたカップを両手でくるむように持ち、慎重に啜った。

「非常時はそんなものです」

「そうなんですね。俺は戦争がこんなふうだなんて思っていなかった」

深く考えもせずに伽羅は言った。飲み物のぬくもりが口を軽くさせたのだった。

「どんなものだと？」

「もっとその……勇ましくて……華々しい感じで……」

ちらりと石榴の目を見て、そのとたん伽羅は、今の言葉が子供じみて馬鹿なたわごとだったと悟った。言い訳をするようにつけくわえる。

「戦争の噂はありました。そうなれば俺は仲間と一緒にどの部隊に配属されるんだろうとか、大きな部隊なら新兵がたくさんいるだろうと思って……ひとりで待機するなんて思わなかった」

「待つことは重要な戦略、もしくは戦術です」

石榴が静かに言った。

「古代の戦いでもそうでした。ゆっくりお休みください、伽羅様」


竜胆は二日後の昼間に帰ってきた。しかし邸宅にはわずかな時間立ち寄っただけで、すぐに軍本部へ向かってしまった。夜に彼が戻ってきたころには、竜人の駐屯地全体にいつもと違う空気が流れていた。荷台に幌をかけた補給車が行き交い、慌ただしい雰囲気が漂っている。

「出動することになった。このあとすぐ出発する」

晩餐のとき竜胆が告げた言葉を、伽羅はとっくに予想していた。

「はい。俺もすぐ準備できます」

もちろん一緒に来るよう命じられると思ったのだ。しかし竜胆は顔をしかめた。

「きみはここにいなさい。短い作戦だ。問題ない」

「そんな」

伽羅は思わず竜胆の言葉をさえぎった。

「俺はあなたの〈花〉です。まだこの……胸の輪は完成していません。何か不測の事態が起きて戻りが遅れたらどうするんです？　あなたは地上にいられなくなってしまうし、俺は契約を果たせなくなります」

「伽羅……」

「今夜時間がないとしても……あと二回――あと二晩であなたは地上を自由に動けるようになる。俺を連れていけばいい。あなたの身の回りの世話もできます」

竜胆はまばたきもせず伽羅の眸を見つめている。

「きみの安全も必要だ。今回は作戦なのだ」

「竜胆、俺も狼軍の一員です。あなたの役に立てませんか。その……夜だけじゃなく……」

伽羅はさらに言いつのった。竜胆はついに目をそらした。

「きみの意見にも一理ある」

「竜胆！」

「すぐ出ることになるが」

「はいっ、大丈夫です」

竜人の部隊は静かに駐屯地を出た。行き先は街から離れた貨物列車の発着場で、人知れず準備された軍用列車での出発だった。竜胆は指揮官専用車両に伽羅をともなって入った。

伽羅が列車に乗るのは入隊のために田舎から出てきたとき以来だった。狭くて堅い座席にずっと座っていることにくたびれてしまったものだ。だが今回竜胆が入った車両はそのときのものとは似ても似つかない。広い個室の壁は彫刻のあるダークウッドで、床は二色の木が組み合わされている。なめらかな布に覆われた座席はクッションが利いていて、向かい合わせのふたつを倒すと大柄な竜人でも十分に体が伸ばせる広さのベッドになった。設備が整った浴室も、食事用のテーブルと椅子もあった。

「夜明けごろにジャンクションで一度停止だ。線路の切り替えが済み次第出発する」

報告に訪れた竜人の士官と短い会話を交わしたあと、竜胆は部屋の鍵を閉めた。隅の座席でしゃちこばって座っている伽羅を手招きした。

「眠らなければ」

伽羅は唾を飲み込んだ。

「俺はまだ……まだ眠りたくありません、竜胆」

竜胆の吐息がひたいに落ちる。伽羅はその首に両手を絡ませた。

「伽羅……」

揺れる列車のベッドで抱き合うのはこれまでと違う経験だった。伽羅は自分の荷物に潤滑油を入れるのを忘れなかったが、竜胆は見慣れない瓶を取り出した。

手のひらであたためられた液体は爽《さわ》やかさと甘さが混じり合った不思議な香りを漂わせる。竜胆の濡れた指が剝き出しになった伽羅の下半身に触れると、頭からつま先まで、全身が燃えるような喜びに包まれた。

軽くほぐしただけなのに、あれほどきつかった竜胆の雄を今の伽羅の体はらくらくと受け入れてしまう。最初のときは恐ろしい武器のように思えた表面の突起は、伽羅の奥に隠されていた秘密の扉を叩き、ゆっくりと鍵を開けていった。

ひとたび扉が開けられると、向こう側からあふれる快楽の奔流《ほんりゅう》に伽羅はたちまち押し流されていく。竜胆は激しく動かなかった。それなのに伽羅は激しく乱れた——揺れる列車が伽羅の快感に拍車をかけたのか、それとも好きな人とこうしているという気持ちが喜びをもっと強く激しいものにしたのだろうか。

「はぁ、はっ、あ、ああっ……」

我に返って羞恥にかられても、竜胆は伽羅を膝の上で優しく抱きしめている。ペンダントの鎖をまさぐり、うなじに唇を押しあてる。伽羅は快楽のなごりでぼうっとしていた。ところが耳をまさぐられたとたん、伽羅の中の箍《たが》がはずれた。

「あ、やっ」

竜胆の指が触れたところに狼の毛が生える。腰のうしろがむずむずして、尾がぴょこんと立つ。

「気持ちがいいな」

狼の耳に竜胆がささやき、尾の付け根を指でこすった。伽羅の体はさっきとは別種の快感に跳ね上がりそうになった。

「りんどう、そこはやあっ……」

「気持ちよくないのか？」

「気持ちいい……いいけど、恥ずかしい……からっ」

返ってきたのはあたたかい笑い声だった。伽羅は恨めしい目つきで竜胆を見つめたが、優しい口づけを落とされると、恨めしさはすぐに消えてしまった。

きっとそのせいなのだろう。竜胆と並んでベッドに横になり、背中を撫でられて夢うつつになるにつれて伽羅の中の箍はさらにゆるんだ。いつの間にかすっかり狼の姿になっていたのに、自分ではまったく気づかなかったのである。

竜胆は黙って横たわり、狼を抱きしめていた。列車はひたすら夜を走った。


夜明けに伽羅の目が覚めたのは、絶え間なく続いていた振動が止まったからだ。

裸でくるまったシーツは狼の毛だらけで、おかげで眠る前のことを思い出した。竜胆は着替えている最中だ。伽羅は飛び起きた。

「到着ですか！」

「いや。ジャンクションに着いた。外に出たいか？」

プラットホームに降りると空は白々と明けていくところだった。灰色の雲がちぎれ飛んでいく。他の竜人も列車の外に出て、伸びをしたり歩きまわったりしている。線路の中継点は行商人たちが集まる小さな市場に囲まれていた。夜は明けたばかりだというのに商人たちはもう仕事にかかっていて、列車のすぐそばまで食べ物や飲み物を売りに来る者もいる。みな狐族の商人だった。

竜胆は副官と話していた。伽羅はプラットホームの端から市場の方をじろじろと眺めた。地区警備隊にいたころ、狐族の行商に会ったことは一度もなかったのである。竜人の中に狼がひとり混じっていることで、自分がひどく目立っているとは思っていなかった。

「兵隊さん、狼の兵隊さん」

呼びかける声が自分に向けられていることにもしばらく気づかなかった。振り向くと狐族の物売りが立っている。背中に籠《かご》を背負い、首にも編んだ袋を下げていた。焼きたてのパンの香りが伽羅の鼻先に漂った。

「おひとつどうですか」

「いや、いらない」

伽羅は首を横に振り、一歩下がった。竜胆が大股でやってくると伽羅の腕を引いた。

「出発だ」

狐族は残念そうな顔つきでふたりを見送ったが、列車が動き出すとそそくさとその場を離れた。

順調に思えた旅程に異変が起きたのは、朝の太陽が昇り、雲のあいだからまぶしく輝きはじめたころである。

列車は林のあいだを走っていた。伽羅は窓のそばに座っていた。立ち並ぶ樹々の向こうを白い影がふたつ、素早く通り過ぎたような気がしたのだが、まばたきしたときには何もない。

錯覚だろうか。そう思いながらもう一度木立のあいだを見つめたときだ。竜胆のもとへ副官が駆け込んできた。

「敵襲です！　鷲族です！」

竜胆はさっと立ち上がった。

「足止めのつもりか。追い払え」

「先発隊はもう出ました！」

走る列車の窓の向こうで今度は黒い翼がはっきり見えた。竜族の兵士が飛び立ったのだ。天井で大きな音が響き、直後に翼の折れた鷲が窓に激突し、地面に転がり落ちた。

「伽羅はここにいろ」

竜胆は副官のあとについて出ていった。伽羅は窓の外で繰り広げられる戦いを魅入られたように見つめていた。鷲族の翼は黒と茶と白で、鳥族の中では最大級だが、体軀は竜人よりも小さく細身である。しかし高所からの急降下とするどい嘴をもって竜人に襲いかかる様子は凶悪すぎた。

狼が鷲族と戦うとしたら、いったいどうすればいいのか。牙でどこを狙えばいいのか。

伽羅がそんなことを考えていられたのは自分が安全な場所にいると思い込んでいたからだ。白く大きな翼が車両に押し入ってきたときは何もかもが遅かった。

『こいつか？』

『狼が一匹だけ。間違いない』

前に立ちはだかる天人の白い翼の一端が長くのび、伽羅の喉に巻きつき、締め上げた。伽羅は手足をやみくもにばたつかせ、押さえつけてくる腕に嚙みつき、爪を立てようとした。そうだ、あのときもこうだった。薄れていく意識の中で、ひとつの光景が脳裏に浮かんだ。あのとき、月光に照らされた湖の上で、あの白い翼は自分の喉に絡みついた。そして——。

それが最後だった。伽羅の意識は現実からすべり落ち、真っ黒な淵《ふち》に吸い込まれていった。

第12章　記憶の盾

　地面が揺れている。

　列車の振動とは違う揺れだ。背中と尻は金属のような堅い冷たいものにあたり、両腕はぺたりと体にくっついたまま動かない。振動は時々激しくなり、大きく揺れた拍子に頭が何かにぶつかった。車で移動しているのか。

『眠っているな？』

　上の方で月語が聞こえる。くぐもっているが意味はわかる。伽羅はうつむいたまま、開きかけたまぶたをあわてて閉じた。吐き気がして、ひどく気分が悪かった。列車に侵入した天人に襲われたところまでは覚えている。体が動かないのは縛られているからだ。折り曲げた膝に両手を回した不自然な姿勢でどこかに閉じ込められている、頭のてっぺんが何かにつっかえているようにきつい。

『はい、間もなく到着します。出港には十分間に合います。ええ、眠らせています』

　話し声の調子が変わった。ここにいない誰かに報告しているのだ。別の声が言った。

『どうやって船に乗せる。起こして歩かせるか？』

『暴れたら面倒だ。荷物に見せかけて貨物口から入れよう。荷台に手ごろな箱があっただろう』

　ぼそぼそと話される月語を理解しようと必死になるうちに伽羅の頭は冴えてきて、気分の悪さも薄れはじめた。船に乗せるというからには、港に向かっているのだろうか。竜人たちが乗る列車は内陸部を走っていた。このままでは竜胆からはるかに遠く引き離されてしまう。

竜胆。このまま会えなかったら、彼はいったいどうなるのだろう。月を二七三日以上離れていた月人は恐ろしい姿に変わってしまう——竜胆が話してくれたのはこれだけだ。期限を過ぎればどうなるのか、石榴や砧も具体的なことは教えてくれなかった。竜人のあいだでは口に出すことがタブーになっているらしい。

とにかく自分は逃げなければ。早く竜胆のもとに帰らなければならない。

心を決めたとき乗り物の動きが止まった。バタンと大きな音が響いたあと、人の気配が消えて静かになった。

獣型なら拘束をはずせるのではないか。思いついた瞬間に伽羅の体は変身をはじめた。人から狼へ、肉体の変化と共に拘束がゆるみ、のびた爪がいましめを切り裂く。首をのばすと銀の鎖がシャランと鳴った。狼になっても竜胆のペンダントはここにある。そう思うだけで伽羅の中には気力が湧いてきた。しかしぐるぐる巻きにされた後ろ脚の拘束をはずそうともがいている最中に、獣の知覚が天人の接近をとらえた。

『あっ、こいつ！』

天人の翼が変身した伽羅に覆いかぶさろうとする。伽羅は首を振り、牙を剝いた。ところが白い翼の先端は奇妙な形に変化して伽羅の前脚に絡みつき、動きを封じた。

『なるほど、狼だ』

『感心していないでそのまま押さえていろ』

天人の白い手が首筋をつかんだ。牙を剝き出して噛みつこうとしたとき、ピンと鎖が切れる音が聞こえた。反射的に伽羅はペンダントを探したが、天人の白い翼が顔全体を覆い、目も口もふさいでしまった。

首筋に冷たい感覚が触れ、カチャンと金属がはまる音が響いた。

『やっぱり獣には首輪が必要だったな』

天人が言った。金属の輪が喉を締め上げる。伽羅は空気を求めて四肢をばたつかせた。視界がかすんで気が遠くなったとき、締めつけはやっと止まった。ぐったりした伽羅の体はまた薄暗い場所へ押し込まれた。

『ちょうどいい大きさじゃないか。ぴったりだ』

ガチャリと鍵をかける音が鳴り響いた。伽羅はそろそろと頭を上げ、檻《おり》の中に閉じ込められたのを悟った。金属板にあけられた小さな穴から明るい光が入ってくるが、外はよく見えない。伽羅はふらつきながらも四本の脚で立ち、壁に何度も体当たりした。

ドシン、ガチャン、ドシン。

暗い檻の中にいても、伽羅の心の目には竜胆の顔がはっきり見えていた。こんなところに閉じこめられているわけにはいかない。あの人には時間がないのだ。それにあと一回、あと一晩でいいのだから、なんとかここを逃げ出さないと。

天人が笑った。

『元気がいいな』

『もう自力で変身はできない。疲れればおとなしくなるさ。殺さずに連れてこいと言われてる』

『この狼に何があるというんだ？　指揮官を拉致するというならわかる』

『竜人の将官に直接手を出してみろ、本国も戦争に巻き込まれるだろうが。月白様は命令違反に厳しいぞ。おなじ統治階級でも手加減なしだ。お仕えするなら心しろ』

月白？

首筋の毛が逆立った。伽羅は体当たりをやめた。小穴の光がさえぎられる。天人が檻の中をのぞき込んでいる。

『おとなしくなった。しょせん獣だ。出られないとわかればあきらめる』

『しかし狼を船に乗せて、そのあとどうするつもりだろう。飼うのか？』

『あの方のご趣味に文句を言うな』

これは月白の命令なのか。彼も軍人だったのか？　パーティ会場で竜胆と話していたときの様子ではそんなふうには見えなかった。でも竜胆はあとで月白のことを「敵」と呼んだ。

天人の声が遠ざかっていく。伽羅は人型に戻ろうとしたが、首輪に喉を締めつけられて断念した。頭を下げ、また檻の壁に体当たりし、角をがしがしと爪で引っかく。床に腹ばいになって首輪をこすりつけ、壊せないかと試すこともした。喉が渇き、空腹を感じても気にしなかった。なんとかしてここから逃げなくてはならない。

しかしいくら檻の中で暴れても、外の天人はもう伽羅にかまわなかった。檻ごと持ち上げられ、運ばれるのがわかる。穴から射し込む光が一度弱まり、また強くなり、動きが止まった。

ガチャッと伽羅の前の壁が開いた。まぶしい光に目がくらむと同時に強い力で首輪をつかまれ、引きずり出される。

『あーあ。せっかくの毛皮が台無しだ』

伽羅の視界はまだはっきりしなかった。しかし声の主はすぐにわかった。月白だ。

『首輪ははめましたが、なかなかおとなしくならなくて……』

『下がっていい。あとは僕がやる』

『この狼、かなり狂暴ですよ』

『いらぬと言った。船を出せ』

伽羅は目をまたたかせた。月白の冷たい美貌が迫ってくる。巨大な白い翼の先端が首輪に触れたとたん、背中から足先までしびれたような感覚が走り抜け、檻に這いつくばった姿勢のまま伽羅の体は勝手に姿を変えはじめた。

「ああっ……」

狼の毛並から人間の肌、狼の四肢から人間の手足へ。知覚と肉体の変容にはいつもは感じない痛みがあった。伽羅はうずくまったまま肩を上下させてそれに耐えたが、天人は容赦なく伽羅の両腕をひっつかみ、乱暴に自分の前に立ち上がらせた。変身しても首輪はぴったりはまったまま、伽羅の喉を圧迫している。

「伽羅、大きくなったね」

月白の凄絶《せいぜつ》に美しい顔が伽羅の上でにっこりと微笑む。天人は地上の言葉を流暢《りゅうちょう》に話していた。竜胆とおなじだ。

「今の狼の姿でわかったよ。そんなに綺麗な毛皮の持ち主にはめったに会わないからね。どこかで聞いた名前だと思ったのにこの前は思い出せなかった。あいかわらず素敵な銀色だ」

伽羅は狼が威嚇するように口を開けようとしたが、体は思う通りに動いてくれない。両腕をつかむ月白の力は途方もなく強かった。月白は微笑んだまま片腕だけ自由にしたが、伽羅の上腕からは感覚が消えていた。棒のように肩から垂れ下がるだけで、まるで力が入らない。

「あのときつけた僕の羽根は消えてしまったね。残念だけど……おや。まだ輪が完成していない」

月白は伽羅の胸の痣を囲むように指でなぞり、ぐっと力をこめた。桜色の長い爪が皮膚にめり込む。伽羅は声をあげそうになるのをこらえた。

「てっきりもうできあがっていると思ったのに、竜胆ときたら。僕の羽根があるのに驚いたのかな。あのときのきみは小さくて可愛かった。鳴き声もよかったよ。今はどんな声で鳴くかな……」

――輝く月の下で湖の波が揺れる。月白の美しい顔が迫ってくる。

一瞬にして伽羅の中に恐怖がよみがえった。ずっと忘れていた記憶だ。月白の手が少年の伽羅を押さえつけ、裸の下半身にのしかかる。悲鳴をあげかけた伽羅の口を翼がふさぎ、全身から力が抜けて――。

「無理やり俺を襲った」

伽羅はかすれた声でつぶやいた。

「やっぱりあの羽根は……そのせいで……」

「無理やりって、逃げようとするからだよ」

月白はけろりと言った。

「俺は……子供だったのに……あのときから俺をつがいにするつもりで……」

「つがいだって？」

とたんに月白はけたたましい笑い声をあげた。

「つがいなんて、きみたちのように下等な獣を大事に囲うのは竜人だけさ。いや、僕だって誰でもいいわけじゃない。やっぱり気に入った子がいいからね。だから地上に降りたとき、手ごろな獣を見つけたら一度か二度犯して、しるしをつけておく。きみも竜胆の〈花〉になったからわかっているだろう。僕ら月の者が地上にいようと思ったら、地上の種族の個体とつながりが必要だ。それにしても〈花〉なんて――まったく竜人ときたら、あんな外見のくせに風流な呼び名をつけるものだ。僕ら天人は〈錨《いかり》〉と呼ぶ」

月白は伽羅の目に宿った困惑をものともしなかった。

「きみとは出会った場所が悪かった。旅行中だったんだろう？　どこにいるのか見失って、もったいないことをしたと思った。それが竜胆の〈花〉になって、しかも未完成であらわれるとは、運命もなかなか粋《いき》なはからいをする」

「……あなたは竜胆のなんなんだ」

「竜胆か。長年の宿敵ってことでいいと思うよ」

月白は口元に笑みを貼りつかせたまま、伽羅の腕をひねって床に放り投げた。裸でぶざまに横たわった伽羅にのしかかり、膝で下半身を押さえつける。胸の尖りを強く弾かれ、伽羅の体は痛みに震えた。

「僕の羽根が竜胆に消されているのは残念だが、あいつものんびりしてるな。未完成ならこんなもの、簡単に消せる。一度きみを犯せばいいだけだ……ふふ。これで竜胆も終わりだな」

「終わりって、いったいどうなるんだ！」

叫んだつもりだったのに情けないくらい弱々しい声しか出ない。それでも伽羅は畳みかけた。

「つがいなしで地上にずっといる月人は……」

「月人がどうなるか？」

月白はニヤニヤと笑った。

「竜胆は教えなかったかい？　月人は地上に二七三日を超えて留まると、突然死に至る結晶化をはじめるのさ。とてつもない苦痛と共に体の細胞が置き換わって、最後は人型をした結晶になる。見た目は月水晶そっくりだが、なんの役にも立たない醜《みにく》い記念碑だよ。いやはや、想像したくもない末路だね」

竜胆が言った恐ろしい姿とはこのことか。伽羅の首筋は総毛立った。月白はそんな伽羅の反応を楽しんでいるようだ。ぺらぺらと喋《しゃべ》り続けた。

「だが、結晶化が月人にとって長年の課題だと言っても、獣や鳥を〈錨〉にすればあっという間に解決する。ただきみたちは弱いから、途中で死ぬことも多いし、常に予備が欲しいところだ。ところが竜人ときたら、〈錨〉は一匹ですませるべきとか、同意の契約が必要だとか、下等種族を月人と同等に扱わせようとする。さらに〈花〉なんて優雅な名前をつけて、おまえたちへのおかしな貞節を誇りにする。まったくお笑い種《ぐさ》だ」

　勝ち誇ったように語る月白は伽羅の記憶にあるままに美しい。しかし伽羅の心は切り裂かれたように痛み、絶望で真っ黒に塗りつぶされた。

　俺はずっとこの人を思い出の中で慕っていた。月に憧れて月の言葉も学んだのに、すべては幻だったのか。

「そんな顔をしなくてもいいよ、伽羅。いずれ僕の触羽で忘れさせてあげる。竜胆が醜い結晶に変わったあとでゆっくりとね。楽しみだ」

　月白は伽羅を押さえつけたまま優しい声で言った。

「彼は今ごろきみを必死で探しているだろうが、間に合わない。この船は出発する」

「どこへ……」

「月さ」

　月？

　だったらこの船は海を行くものではない。月人たちの宙船《そらふね》だ。

第13章　鎖の響き

伽羅《きゃら》は宙船《そらふね》を間近で見たことはなかった。地上の種族で月に行ける者はかぎられている。竜人《りゅうじん》か天人《てんじん》、どちらかの政府が発行する査証がなければ宙船には乗れない。

月と地上を往復する貨物船や旅客船の軌跡なら地区警備隊のパトロール中に何度か目撃したことがある。月人《つきじん》は月水晶の技術と共に自動車や汽車を地上の種族にもたらしたが、空を飛ぶ機械は与えなかった。宙船は月人のもので、流れ星さながらの輝く線を描いて月と地上を結ぶ。

いつか宙船に乗って月に行きたい――ほのかに抱いていた夢が、最悪のかたちで現実になるとは。

伽羅の顔には恐怖があらわだったはずだが、月白《つきしろ》はそれを見て楽しんでいるようだ。立ち上がると裸で床に転がった伽羅を見下ろし、思案するように腕を組んだ。

「変身しても綺麗《きれい》だね、伽羅。悪くない」

月白の背中から白く輝く鞭《むち》のようなものが何本もあらわれた。床につくほどに長く垂れる、それ自体が生き物のようにするすると伽羅の方へ近づいてくる。よみがえった記憶により伽羅は白い鞭の正体を知っていた。触羽《しょくう》だ。でも伽羅の体は力をなくしたまま動かず、触羽は伽羅の腰や腕にするするると巻きつき、空中に持ち上げた。ぽんと放り投げられる感覚のあと、背中が砂溜まりのように柔らかいものにめり込む。

月白が淡々とした声で命令するのが聞こえた。

『僕がずっと縛っておくわけにはいかないな。鎖を持ってこい。檻《おり》は片付けろ。醜《みにく》いものはいらない』

　どこからかあらわれた月白の部下が首輪に太い鎖の一端をはめた。鎖のもう一端は、じゃらじゃらと鳴りながら伽羅には見えないところへ消えてしまう。体は真っ白な細かな粒子に深く埋もれ、起き上がろうとしてもうまくいかない。もがいている伽羅の片手を月白がつかみ、ぐいっと引き上げた。

「船が出発するまで好きに見て回るといい――もちろん動ける範囲でね。用を足すときは砂の上で頼むよ。清浄装置が働くからね。きみたち獣にはちょうどいいだろう？」

　屈辱に伽羅の顔は真っ赤になり、吠えるような声をあげて空いた手で月白につかみかかろうとした。月白はにやにやしながら伽羅をはねのけ、素早く身をひるがえした。

「本当に可愛い狼だな。またあとで来る」

　何もないつるりとした壁がいきなり左右に開いた。伽羅は翼に飛びかかろうと砂を蹴ったが、ぴんと張った鎖に引き留められた。のばした手が空を切る。月白は振り向きもせず、壁はぴたりと閉ざされてしまった。

　この部屋には窓も照明もなく、壁そのものが柔らかな乳白色で輝いてあたりを照らしている。首輪につなげられた鎖の一端は飛び上がっても手が届かない天井に取り付けられていた。首輪がなんらかの作用を及ぼしているらしく、獣型に変身することもできない。

　鎖が届くぎりぎりのところに水のボトルを見つけ、伽羅は我慢できずに手を出した。月白がいなくなってから、喉の渇きが耐えがたくなっていたのだ。水と一緒に置かれていた箱には狼軍の携行食によく似た固形食が入っていた。伽羅は眉をひそめて匂いを嗅《か》いだが、空腹に負けてこれも食べてしまった。

いったい拉致されてどのくらい時間が経《た》ったのだろう。伽羅は疲れ果てていた。床にうずくまって膝をかかえる。竜胆《りんどう》はどうしているだろう。月白は伽羅を探していると言った。そのはずだ。伽羅は竜胆の〈花《はな》〉なのだから……。


伽羅は狼の姿で見知らぬ場所を走っている。道はゆるい上り坂で、稲妻のように尖った黒い岩のあいだを縫うように伸びている。頭を振り上げても太陽は見えず、斜めから冷たく白い光が射し込んでいる。空気には金臭い奇妙な匂いが混ざっている。

(伽羅……)

曲がりくねった道の先で誰かが呼んでいる。伽羅は後ろ脚で地面を蹴って高く跳び、視界をさえぎる岩を越える。仁王立ちになった竜胆の姿が飛び込んでくる。その体はもう胸まで透明な結晶に変化して――。

「りんどう――!」

ハッとして伽羅は目を覚ました。いつの間にか眠っていたのだ。周囲はさっきとは違う暗い橙色《だいだいいろ》の光に照らされている。悪夢の余波で伽羅の心臓は全速力で走ったあとのようにバクバク脈打っていた。

「さすが狼、忠実だね」

月白の冷たい声が響いた。見ると伽羅の真正面で椅子に座り、足を組んでいる。尖った靴先が伽羅のひたいに触れそうなほど近くにあった。

伽羅は反射的に立ち上がろうとしたが、月白は間髪容《かんはつい》れず手をのばして首輪をつかんだ。体から力が抜け、膝が砕ける。ひざまずいてしまった伽羅の顎《あご》を月白がぐいっと持ち上げた。

「僕の首輪をつけているくせに、まだ竜胆の心配をするのかい？」

伽羅は唇を動かしたが、喉を締めつける首輪のためにかすれた声しか出なかった。

「俺はあの人の〈花〉だから……月になんか行かない……」

そのとたん背筋を刺すような痛みが駆け抜けた。伽羅はなんとか悲鳴を飲み込んだ。

「反抗的な獣だな。ま、今はそのくらいの方が楽しいか。きみのような可愛い獣を真空に放り出すのはもったいないからね。月で大事に飼ってあげるよ。秘密任務の思いがけないボーナスだ」

「……秘密任務？」

「どんな手段を使ってもいい、竜人軍を混乱させるのが僕の役目だった。思わぬ成果が得られたよ」

月白の手が離れても伽羅の手足からは力が抜けたままだ。歯を食いしばって見上げると、天人は余裕の笑顔で伽羅を見返している。

「……こんなの卑怯だ。いくら戦争だからって」

「褒められて嬉しいよ。竜胆が地上を這いずり回ってきみを探していると思うと本当にわくわくする。きみは月に行き、彼はそのまま時間切れになる」

月白は伽羅の胸の痣《あざ》をしげしげと眺め、唇を舐めた。

「すべてが終わったらその鱗《うろこ》を一枚ずつ、僕の羽根で上書きしてあげよう。ああ……楽しみだな」

月白の残酷な言葉は伽羅の胸を暗く押しつぶした。目の前の天人への震えるような怒りはもちろん、こんなものに憧《あこが》れていた自分自身も許しがたかった。

「あなたがこんな人だったなんて……どうしてそんなにあの人を憎むんだ」

「獣のくせにそんなことを聞くのかい？」

月白の口元には小馬鹿にしたような笑みが貼りついたままだ。

「まあいい、教えてあげよう。竜胆は月鉱山で僕に与えられるはずだった栄誉を奪い、独り占めしたのさ」

思いがけない答えに伽羅は口を閉ざした。月白は伽羅をからかうかのように、両手を広げておどけた身振りをした。

「おや、竜胆がそんなことをするとは信じられない？　たしかに昔の話だが、月人は決して忘れない。月水晶《つきすいしょう》と山をめぐる恨みをね……だから竜の〈花〉を手に入れることくらい……」

するりと月白の背中に白い鞭——触羽が伸びあがる。そのとたん子供のころの記憶が呼び覚まされて、伽羅の体は小刻みに震えはじめた。止めたいのに止めることができない。たったこれだけのことで怯《おび》えてしまう自分が恥ずかしくてたまらない。

耐えられずに目を閉じかけたとき、壁の光が暗い橙色から緑色へ変わった。月白は両手を下ろした。同時に触羽も背中から消える。

「ようやく離陸か。伽羅、外を見せてあげよう」

唸るような音と共に壁の一面がゆっくり開き、大きな窓があらわれる。一面灰色に塗りつぶされている。伽羅は思わず目を凝《こ》らした。この灰色は発着場の地面だ。がくんと床が揺れた。宙船が動きはじめたのだ。

「よく見ておくといい。これが見納めになるかもしれないからね」

はっとして振り向くと天人は左右に割れた壁の向こうへ消えるところだ。伽羅は窓に駆け寄ろうとしたが、のばした手はぴんと張った鎖に阻《はば》まれてしまった。大地を離れた宙船は矢のように空中を進む。発着場が見る間に遠ざかっていく。

もう、伽羅に見えるのは緑の地平線と広がる空しかない。

伽羅はこぶしを握り、窓に向かって突き出した。鎖が邪魔をするとわかっていてもやらずにはいられなかった。のばしたこぶしの先で黒い点がいくつも動いた。鳥族の群れだろうか？　遠ざかっていくのではなくこちらへ近づいてくるように思ったが、すぐに見えなくなってしまった。きっと目の錯覚だ——そう思ったときふいに、ドンっという衝撃が伝わってきた。

一瞬遅れて壁の光が消え、部屋全体が激しく揺れた。伽羅は床に投げ出され、鎖がじゃらりと音を立てた。それでも宙船は動き続け、今窓の向こうに見えるのは空の青だけだ。伽羅は鎖を引きずりながらもう一度立ち上がったが、膝は絶望でふらついていた。

もう地上には戻れないのだろうか。このまま月に連れていかれるくらいなら、いっそ——。

ふいに窓の端を漆黒がひらりと横切った。黒みをおびた濃い青の空に、たしかに漆黒のとばりがひらめいたのだ。錯覚ではなかった。伽羅がまばたきする一瞬のうちに黒いとばりは窓を覆わんとするほど近づき、ひらりと回転して一度離れ、今度は狙いを定めたようにまっすぐ迫ってくる。はためく

黒い翼のあいだから巨大な蜥蜴《とかげ》の頭がのびた。

いや、蜥蜴ではない、竜――竜型に変身した竜人だ。

紫に輝く眸《ひとみ》をみたとたん、伽羅は声を振り絞って叫んでいた。

「竜胆！」

第14章　宙船の行くて

紫の眸が煌《きら》めき、竜の口が大きく開いた。密閉された宙船の内部まで届いた咆哮《ほうこう》に伽羅の背中が総毛立つ。窓の外で棘《とげ》の生えた長い尾がうねり、ドンっと強い衝撃が襲う。

天井からけたたましい警報音が鳴り響いた。床が斜めに傾き、伽羅はとっさに鎖をつかんで体を支えた。

窓がゆっくり閉じていく。壁中で赤い光が点滅している。

竜胆だ。竜胆が来たのだ。ついさっきの絶望とは正反対の興奮が体中にみなぎり、伽羅は鎖にしがみついたまま深呼吸した。いつの間にか傾いた床が元に戻っている。赤い光の点滅がやみ、室内が柔らかな乳白色の光に照らされる。壁の向こうで鈍い物音が響き、伽羅はびくりとして耳を澄ませた。

さっきの姿は本当に竜胆だったのか。竜胆にもう一度会いたいと思うあまり、心が見せた幻だったら？　助けは来るのか、それとも――。

そう思った直後、出入り口の壁が左右に開きはじめた。隙間から白く輝く触羽が入り込んでくる。

伽羅は反対側の壁まであとずさったが、見ると月白はもうそこにいた。大きく広げた翼がバサリと羽ばたき、触羽が鞭のようにしなりながら伽羅目がけて飛び出してくる。顔をそむけて振り払おうとしても触羽は伽羅の手首と腕を這いのぼり、首輪にくるりと巻きついた。

『逃がさないよ』

喉がぐっと締め上げられた。伽羅は腕を振り上げ、声もなくもがいた。頭の芯がくらくらして、視界が暗くなる。すぐそばで大きな物音が響いたような気がしたが、伽羅の意識は闇の底へ沈みそうになっていた。周囲の音が遠くなる。それでも狼の本能は抵抗をやめなかった。やみくもにのばした手が何かをつかむ。

突然喉を締めつける力が消えた。

「伽羅！」

誰かが自分を呼んでいる。空気を求めて伽羅は咳き込み、その場にくずおれた。肺がきりきりと痛み、苦しくて涙が止まらない。背中にあたたかいものが触れ、そっとさすった。竜胆の声が聞こえた。

「伽羅……ああ、伽羅」

顔を上げると紫の眸が見えた。裸体を抱き起こされ、伽羅は鎧《よろい》に覆われた胸に顔を押しつけていた。竜胆が伽羅を抱きしめている。

本物だとたしかめるように、伽羅は硬い鎧に頰をすりつけた。来てくれた、と思うと鼻の奥がつんとして、苦痛はもう去ったのにまた涙があふれてくる。竜胆は子供をあやすように伽羅の背を軽く叩いた。

「りんどう……」

「もう大丈夫だ。私の花」

「月白がそこに……」

「たった今拘束した」

竜胆の指が首輪に触れ、伽羅はびくっと肩を震わせた。竜人が嫌悪に眉をひそめるのを見て、おずおずと体を離そうとしたが、背中を支える腕は離れようとしない。

抱きすくめられたままあたりを見まわすと、宙船の窓はまた開いていた。しかし昼間の空の青はそこになく、夜空の黒の中に緑と青に塗り分けられた大地が広がっている。宙船はまだ上昇を続けているのだ。

伽羅は星がまたたく漆黒の闇に白い月が輝くのを見つめた。ふいにカチャリという音が響き、首が軽くなった。竜胆が顔をしかめながら床に落ちた首輪を足で蹴り飛ばす。

そのとたん、竜胆のもとに戻れた喜びと、首輪をはめた姿を見られた、というみじめさがせめぎ合って、伽羅は顔を伏せた。

「落ち着いて」

竜胆の手のひらがなだめるように伽羅の髪を撫でる。

「私の花を遠くへ行かせたり、するものか」

背後でばたばたと足音が響いた。

『引き返せないと言ってます！』

部屋に駆け込んできた竜人が叫ぶように告げた。軍服姿で、黒い翼が背中で揺れていた。竜胆は伽羅を抱いたまま冷静に部下の方を向くと、床に落ちた首輪を指さしながら言った。

「証拠品を保管しろ。月白には監視をつけているな？」

「はい！」

「操舵室へ行く。伽羅の着るものはないか？」

伽羅の頬は羞恥で染まった。竜胆に会えた嬉しさのせいか、裸だったことをほとんど忘れていたのだ。部下が長い外套と肌着を持ってきて、伽羅はやっと裸体を隠すことができた。ぶかぶかで肩も丈も余るが、これでやっと人前に出られる。竜胆が耳元で「私から離れるな」とささやき、立ち上がるとすぐ肩を抱かれた。

竜胆と並んで宙船の通路へ踏み出す。そこは伽羅が閉じ込められていた部屋とはまったく違っていた。壁は銀色で、天井は雪の結晶のような紋様で埋め尽くされ、あちこちで赤や緑の光が点滅している。

竜胆は分岐する通路を迷いなく進み、車の操縦席のような座席がずらりと並ぶ部屋にたどり着いた。きっとここが操舵室なのだ。伽羅を空いた席に座らせて、竜胆は前方に広がる銀色の計器の方へ行った。軍服の竜人の隣で白鳥族の操舵手が震えている。

「も、戻るのはむ、無理です。燃料が足りません」

「行き先はどこだ」

「えい、栄光《えいこう》の入江《いりえ》、第二発着場で……」

「賢者《けんじゃ》の海《うみ》に変更しろ。行けるはずだ」

「でで、でも進路変更は……僕にはきょきょ、許可が……」

「説明は私がする。コースを再設定するだけでいい」

竜胆は操舵手の隣の座席に腰をおろし、通信機に向かって月語で話しはじめた。時折激しい口調が混じる。早口のうえに知らない単語ばかりで伽羅にはまったく理解できなかった。いつの間にかうとうとしていて、肩にかけられた手の感触でハッと目覚める。

竜胆が伽羅の隣に座っていた。伽羅は差し出された水のボトルを機械的に受け取り、一口含んだ。冷たい水が喉をくだって頭がはっきりする。

「伽羅、眠りたいなら横になれるところを……」

「いえ、大丈夫です。これからどうするんですか？」

「月に着陸する。必ず地上へ連れ帰るから、心配しないでくれ」

伽羅は冷静に竜胆の言葉を受け入れたが、一度話しはじめると疑問が次々に浮かんでくる。

「竜胆、どうして俺の居場所がわかったんです？」

「名前を刻んだペンダントを渡しただろう」

——ペンダント。

どきりとして伽羅は胸をまさぐった。天人に襲われたとき、ちぎれてどこかに落ちたのだ。いつもつけていてほしいと竜胆が言ったのに。

「離れても位置が分かるように、調整した月水晶を埋め込んでいた。共振を探知して伽羅を連れ去った車両を追ったのだ」

「窓の外で俺が見た竜は……あなたですよね？　紫の眸の……」

伽羅のまぶたの裏側に、宙船の外にちらりと見えた竜の巨大な頭部がよみがえる。ほとんど神秘的なほどの畏怖《いふ》を呼び起こす姿だった。今、伽羅のそばにいる人物と重なるのは深い紫の眸だけだ。

竜胆はうなずいて、冷静な声で言った。

「非常事態だった。通常なら地上では変身しないのだ」

「あんなに高いところを飛べるなんて」

「竜型になると高速で飛べる。短時間なら空気がなくても活動できる。月で我々が天人に勝っている部分だな」

おなじ月人といっても、天人と竜人には大きな差異があるのだ。ふと、伽羅の脳裏に月白の言葉がよみがえった。

(竜人ときたら、〈花〉なんて優雅な名前をつけて、おまえたちへのおかしな貞節を誇りにする。まったくお笑い種《ぐさ》だ)

伽羅の胸にはずっと天人がつけた痣があり、竜胆は初対面のときからそれに気づいていたのだ。あの痣をつけたのが月白だと知ったら竜胆はどう思うだろう?

このことを竜胆に話すべきだろうか? でも――。

伽羅は小さく身震いした。

「竜胆、あの……月白は……?」

竜胆はきっぱりと言い切った。

「拉致誘拐と暴行で現行犯逮捕だ。拘束して閉じ込めている。伽羅は安全だ」

「彼は軍人なんですか? 竜人軍を混乱させる秘密任務だと言っていました」

竜胆の目尻がぴくりと緊張した。

「いや。月白は軍人ではない。秘密任務か……」

顔を上げ、鋭い声で部下を呼ぶ。月語で何か告げたが、やはり伽羅には意味がわからない。部下が去ると竜胆は伽羅に向き直った。

「今の話は重要な情報だった。ありがとう」

「たったあれだけで？」

「ああ、月白の立場がはっきりした。彼は天人の諜報機関の一員か、少なくとも協力者だ」

つまりスパイということだ。伽羅は竜胆に連れていかれたパーティを思い出した。高官や有力者が集まる場所に月白がいたのも情報を集めるためだろうか。

「竜胆、月白はあなたのことを――」

そのとき操舵室に竜人の兵士が駆け込んできた。

『天人が逃げました！』

今度は伽羅にも月語の意味がわかった。竜胆はもう立ち上がっている。早口の月語が頭上を飛び交い、伽羅は必死で耳を傾けた。月白は拘束から抜け出し、監視を倒して非常用ボートで脱出したという。

第15章　移住者の子孫

月白逃亡の一報を受けて、しばし周囲は騒然とした。

竜胆は銀色の計器の前で部下に指示を出し、そのあとは通信機に向かってまくし立てている。手持ち無沙汰にしていた伽羅に竜人の兵士が着替えを持ってきてくれた。宙船の乗組員が着ているものとおなじだ。続いてシャワーにも案内してくれた。宙船のシャワーは水ではなく風を使って汚れを吹き飛ばすものだった。

伽羅が操舵室に戻ると様子は一変していた。銀色の計器の上部にさっきまでなかった大きなスクリーンがあらわれ、輝く月が大写しになっている。竜胆の部下が並んで、スクリーンを見つめていた。

竜胆がやってきて伽羅の両頰をそっと包む。

「疲れているだろう。到着までもう少しかかる。休んでいなさい」

気遣われているのはわかっていたが、伽羅は竜胆のそばにいたかった。正面から竜胆の眸を見つめる。今は完全な竜の姿になったときの輝く紫色ではなく、心を落ち着かせてくれる紫がかった黒だ。あらためて、また会えたという気持ちが胸に迫ってきたが、すぐに言葉が出てこなかった。

だめだ。冷静にならなければ。なんとか自分にそう言い聞かせる。

竜胆はそんな伽羅を冷静に見守っていた。

「ここにいたいです。月に降りるところを見たい」

「それなら私の隣へおいで」

竜胆はまた通信機で話をはじめたが、専門的な言葉ばかりだ。伽羅は月語を理解するのをあきらめて、近づく月の姿に見惚れていた。

月の表面は地上と違い、緑でも青でもなかった。最初は氷のように光を反射する白くなめらかな物質に覆われているように見えた。しかし宙船が近づくにつれて、通路の壁や天井の紋様とそっくりな雪の結晶のような模様が見えてくる。伽羅は本で読んだことを思い出した。あれは要所に高価な月水晶を使ったドームだ。月人たちの暮らす世界は、土と森と水に覆われた地上とはまったく違うのだ。

どのくらい月を見つめていたのだろう。いつの間にか周囲は静かになって、月はスクリーンに収まり切らない大きさにまで近づいている。

宙船は下降をはじめていた。白鳥族の操舵手が通信機に話しかけているだけで、竜胆も他の竜人も黙って月を見ている。竜胆のまなじりはかすかに震えていて、緊張しているようだと伽羅は思った。竜人にとって月は故郷なのに、少し不思議だった。

「これからシールドを抜ける」と竜胆が言った。

「シールド?」

「月の上空を覆う透明な遮蔽《しゃへい》だ。多少揺れるかもしれないが、大丈夫だ」

その言葉通り、宙船はがたがたとわずかに揺れたが、それだけだった。宙船は地上を去ったときとは逆向きに月の表面へ近づいていく。スクリーンの中で雪の結晶のような模様のひとつがどんどん大きくなり、白いドームの全容を見せた。ドームの中央に縦長の切れ目があらわれて、ゆっくり左右に開いた。急激な下降がはじまる。ドームをくぐり抜けた瞬間、船はまたぶるりと揺れた。

竜胆は船を降りるときも伽羅をそばから離さなかった。宙船の外に出て、最初に伽羅の鼻に飛び込んだ月の空気は、初めて嗅ぐ香料のように慣れない不思議な匂いだった。宙船から月の地面までは灰色の短いスロープが伸びている。

終点には竜人が十数人は待ちかまえていた。地上の駐留軍と同じ軍服の竜人もいれば、違う服装の者もいる。

ついに月の地面を踏んだ伽羅と竜胆の前に、大柄な竜人が一歩踏み出した。顔立ちは竜胆によく似ているし、勲章らしき飾りがびっしり並んだ軍服を着ている。

『竜胆』

『菖蒲《しょうぶ》、最初に私の〈花〉を安全な場所へ。面倒ごとはそのあとだ』

竜胆が返事をしたとたん、たちまちふたりのあいだで激しい口論がはじまった。伽羅の理解力ではまったく追いつかない、月語の会話だ。伽羅は竜胆の背後に下がり、邪魔にならないよう体を引いた。するとと別の竜人がふたりのあいだに割って入った。こちらは軍服ではなく、優美な曲線を描いた上下そろいの服を着ている。

『ここで口論はやめてくれ。竜胆、彼がきみの〈花〉だね？』

たしなめるような声に竜胆とその相手はばつが悪そうな表情になった。

『ああ。彼が伽羅だ』

『伽羅君、私は桔梗《ききょう》という』

桔梗は長い髪を首のうしろでひとつにまとめていた。眉は細く整えられ、爪は桜色に磨かれているが、声は低い男のものだ。発音は明瞭でわかりやすかった。

『月語はわかるかね？　きみは私と来るんだ。竜胆はしばらく手が離せない。一段落するまできみは私が預かる』

伽羅はほんの一瞬、あっけにとられていた。やっと月に着いたというのに、竜胆と一緒にいられないのか。

俺は竜胆の〈花〉なのに。

見ると竜胆は数人の竜人に囲まれ、何事か熱心に話し合っているところだ。伽羅は落胆をおもてに出さないよう努めた。

『はい。わかりました』

先ほど竜胆と口論していた竜人がぱっと伽羅を振り向く。

「伽羅、竜胆のことなら心配いらない。ゆっくり休んでくれ。俺は菖蒲だ。月へようこそ」

菖蒲が話したのは地上の言葉だった。伽羅を気遣ってくれたのだろうか？　ほっとしたのもつかの間、桔梗が伽羅のひじを引いて歩きはじめたので、あわててついていくことになった。ずらりと並んだ竜人たちが桔梗に向かって礼をしたのを見ると、この竜人も相当地位が高いに違いない。竜胆から離れるにつれて心細い気持ちがつのってくる。伽羅は耐えるように唾を飲み込み、背筋を伸ばして大股で歩いた。

月のドームの内側は壮麗な街区だった。建造物の表面は雲母《うんも》の粉をまぶしたように輝いている。桔梗は列車の車両のような形をした乗り物に伽羅を導いた。窓はなく、ふたりの他には誰もいない。運転手も見当たらなかったが、ふたりが優美な曲線を描く白い座席に座ると乗り物はなめらかに動き出した。

『伽羅君は月へ来るのは初めて――そうだろうな』

桔梗は伽羅がそわそわと周囲に視線を投げかけるのを見て、納得したようにうなずいた。

『月人の住まいはたいてい地下にある。ドームから地下の居住区へクルーザーで移動するんだ。このクルーザーは私の専用だから、到着まで誰にも会わずに済む。私は竜胆の異母兄でね。竜胆の母は王の従姉《いとこ》、私の母は現上院議長の姉だ。派閥の連中にうるさく言われることもあるが、私たちは子供のころから親しくつきあっている。港でがなり立てていた菖蒲は現王の第五王子だ。竜胆とは親友――悪友かもしれないが、なんにせよ竜胆の味方だ』

いきなり異母兄や王子という言葉が桔梗の口から飛び出して、伽羅は言葉の意味こそ理解できたものの、どうしてこんなことを話すのかととまどった。ありがたくも、桔梗は伽羅の表情から困惑を読み取ったらしい。

『ああ、すまない。今回の件で竜胆が忙しくなる理由を伝えておきたかったんだ。地上の種族にとって彼は同盟軍の指揮官にすぎなかっただろうが、月では王族の係累としてやるべき仕事もある。だから意図しない帰還とはいえ、月に戻ったからには他の義務も生まれると言いたかった』

『俺のせいで』

伽羅は思わず口に出していた。桔梗は伽羅の顔をしげしげと見つめ、どこか感銘を受けたような表情になった。

『地上の〈花〉を連れ去られたら竜人はどんな手段を使っても取り戻しに行く。当然の話だから伽羅君が気に病むことではないし、地上は有事だろうが、駐留軍はどうにかなるだろう。ただ、竜胆の立場を伽羅君が知らないかもしれないと思ったのだよ』

『王族だということは執事の方に伺《うかが》っていました』

『そうか。まあ、天人との関係もいささか緊張気味だし、犯人は逃げたというじゃないか。月でも事態をおさめるには時間がかかるかもしれない』

それなら竜胆と次に会えるのはいつだろう？　とっさに湧き上がった心細い気持ちを伽羅は切り替えようとした。ここは月だ。たとえ胸の輪が完成していなくとも地上のような時間制限はないのだから、今は必ずしもそばにいなくていいのだ。

桔梗は伽羅をちらりと見て慰めるように笑った。

『そんな顔をしなくても大丈夫だ。ここは月だからな。ここでは戦争は起きていないし、伽羅君が問題なく地上へ帰れるよう、私も協力するつもりだ。まずは身の回りのものを整えようか』

乗り物の動きが止まり、入口がシュッと音を立てて勝手に開いた。伽羅はそろそろと乗り物から出て、大きすぎる外套の裾を踏まないよう注意深く歩いた。月人の住居はのっぺりした白と銀色の装飾で囲まれていた。使用人の姿は見えなかったが、桔梗が足を進めると扉が開き、明かりが灯《とも》り、どこからか楽音が流れはじめる。

どこもかしこも磨き上げられていて、とても美しかった。しかし地上に慣れた伽羅の目には寒々しく、さびしく映った。

『それにしても伽羅君に月語が理解できてよかった。私は竜胆や菖蒲と違って、緑《みどり》の月《つき》の言葉をぜんぜん知らないんだ。話し相手にもなれなかったら嫌だろう？　そうそう、落ち着いたら伽羅君が退屈しないように月の名所を見せてあげよう。知っていたかね？　我々月人は遠い昔、宙船に乗って遠くの星から訪れた移住者の子孫なのだ。移住者の宙船は鉱山地帯に埋もれていた。忘れられていた遺構を発見したのは竜胆なのだよ』

月人は地上のことを「緑の月」と呼ぶのだった。伽羅もそれは知っていたが、月人の口からこの言葉を聞くのは初めてだった。

桔梗はお喋りなたちなのか、ずっと喋り続けている。しかし今の伽羅は疲労感と心細さの方が勝っていて、話題のほとんどは耳を素通りした。

自分は今、ずっと憧れていた月にいるのだ。桔梗のあとをついて歩きながら伽羅はそう自分に言い聞かせ、こみ上げるさびしさをぐっと飲み込んだ。

月人の地下の住居は地底を縦横無尽《じゅうおうむじん》に走るトンネルでつながれ、生活の隅々にまで月水晶の恩恵が及んでいる。地上なら人の手が必要なところも機械装置が代わりとなり、移動のとき翼を使うこともしない。

桔梗によれば、天人も竜人も、都市で飛翔するのは遊びや競技のときだけだそうだ。月人の多くは独居生活を好み、夫婦でも別居するのはよくあることらしい。その反面社交も盛んで、クルーザーで街に出れば人々の集まる場所はたくさんある。

月の住居に到着して桔梗が最初にやったのは、伽羅を風呂に入れて着替えさせることだった。用意された上下そろいの服はやけに軽くひらひらしていて、伽羅は落ち着かなかった。しかし桔梗は満足そうである。

『いいね。月人のように見えるじゃないか』

機械が自動で調理した料理を食べ終えると、桔梗は広々とした住居を案内してくれた。伽羅が眠る部屋もちゃんと用意されていて、使用人の姿もないのに床には塵《ちり》ひとつなかった。

伽羅にとって意外だったのは備え付けの通信機が見あたらないことだ。月水晶を使った通信機は地上では高価なものだが、最近は病院や軍施設はもちろん、大きな商店や邸宅に備えられるようになっている。ところが月人にとって通信機はそもそも場所に備えられるものではないのだった。代わりに桔梗は懐中時計に似た大ぶりのペンダントを身につけていた。これが月人の通信機で、月にいればどこでも同じ機械を持つ者とやりとりできる。声のやりとりはもちろん、相手の顔を空中に投影することもできるという。

竜胆から桔梗の通信機に連絡が入ったのはそれから間もなくのことである。桔梗は壁に竜胆の顔を映し、伽羅の顔も竜胆に見えるようにしてくれた。

「伽羅、そっちはどうだ。桔梗のことだから問題はないと思うが」

「はい、よくしていただいてます」

竜胆の端整な顔には疲労の影が濃かったが、伽羅を見たとたん嬉しそうに微笑む。同時に伽羅の疲労も眠気も吹っ飛んだ。

「いそぎで対処すべき問題が多くて、一緒にいられなくてすまない。月白の件は天人政府筋にも知らせ、捜索させているところだ。たとえ戦時下でも、地上の種族を首輪で拘束するのは条約違反なのだ」

伽羅は反射的に首をさすった。

「月白はあなたのことを……いろいろ話していました」

「そうだろう。もう何年も、私と月白は敵同士だ」

「何があったんですか？」

「月で我々と天人は緊張関係にあるが、いつも対立しているとはかぎらない。竜人の王族は天人の統治階級と交流もある。月白とは学生のころ競技大会で知り合った。周囲に政治や利権をめぐる対立があっても、友人になるのは珍しくはないし、中には愛し合う者もいる。天人の統治は我々とはかなり違っていて、最初に会ったころ、月白はとても窮屈な生き方を強いられているように思えた。お互いの社会や思想についてこみ入った話をしたこともある。あのころ私は月白を友人だと思っていたのだ。だが彼はあるとき……」

竜胆は言葉を探すように少しためらった。

「……私がとうてい見逃せないことをしたのだ。そのために友人が死にかけて、私は月白を告発せざるをえなかった。彼がそれを逆恨みしているのも知っている」

竜胆は月鉱山で僕に与えられるはずだった栄誉を奪い、独り占めした――月白の言葉を伽羅は思い起こした。今の竜胆の話はこれに関わることだろうか？

そう思ったもののなんと返せばいいのかわからなかった。

「竜胆、俺も一度でいいから月鉱山を見てみたいです」

竜胆は微笑んだ。

「ああ、そうだな。私も連れていきたい。月についてどう思った？」

「ええと――いろいろありすぎて……」

伽羅は頭に思い浮かんだことを順番に話した。ドームや住居に驚いたことや、自分の故郷がここでは「月」と呼ばれる不思議さについて。

『そろそろいいか？』

桔梗が月語で割り込んだとたん、伽羅は今さらのように、故郷の言葉で竜胆と話していたことに気がついた。まったく意識していなかったのだ。

胸がずきりと痛んだが自分でも理由がわからなかった。竜胆と話せて嬉しいのに、どうしてこんなに切ないのだろう。たくさん話したはずなのに、本当に伝えたかったことは話せなかったような気もする。

桔梗はそんな伽羅の様子にはまったく無関心だった。

『竜胆、様子はわかっただろう。安心して仕事に励んでくれ』

『ああ。伽羅を頼む』

映像が消えるとあたりはひどく静かになった。桔梗が部屋を出ていくと、自分でも意識しないまま張りつめていた緊張が解けて、伽羅はベッドに倒れ込んでしまった。

第16章　月のない夜

月の地表に立つ者は、夜空に月を見ることはできない。

あたりまえの話だが、実際に月に降り立つまで伽羅はそのことを考えてもみなかった。その代わり月の空には月人が「緑の月」と呼ぶ伽羅の故郷が浮かんでいる。これも居住区を覆うドームの内側にいると見えないが、桔梗は空を映した像を伽羅が眠る部屋の壁に投影し、窓のように仕立ててくれた。親切心からやってくれたのだろうと伽羅は思った。人工的な光で昼と夜が区切られている月の住まいで、自分の故郷が半月や三日月のかたちになって闇の中に浮かんでいるのは不思議な光景だった。

月に到着して最初の二日間、桔梗はとても上機嫌だった。クルーザーで伽羅を街に連れ出すと、まずは目抜き通りの立派なブティックを何軒も回り、伽羅に流行の衣服を買い与えた。日常着だけでも何着もあり、どこで着るのかわからない煌びやかな正装まで、次から次に買っていくのだ。伽羅は当惑を隠せなかった。

『桔梗さん、そんなにたくさんの服があっても、俺に着れるとは思えないです』

ところが桔梗は伽羅が何を言っているのか、さっぱりわからないという顔をする。

『伽羅君は竜胆の〈花〉だろう。相応の身なりをしないと竜胆の顔が立たないぞ』

『でもこんなにたくさん、費用だって……』

『クレジットの心配はしなくていい。竜胆も承知だよ。ああ、荷物の心配もいらない。配達してもらうからね』

それなら――と伽羅はうなずいたものの、まず今着ているものを着替えろと言って、着せ替え人形のように取っかえ引っかえ試着するのはとまどいを通り越してほとんど苦痛だった。その日は上着やズボンはもちろん靴、ベルトやジレといった小物まで、すっかり桔梗好みに着替えさせられてから、史跡や議事堂、公会堂といった名所を回った。

こういった場所はたいてい自走路でつながっていて、歩かなくても前に進む。桔梗が自慢げに説明した。

『月の都市では主要な街路すべてに自走路が設置されているのだ。緑の月にはないだろう？』

食事や休憩で立ち寄ったレストランやカフェも美しくて洒落《しゃれ》ていた。とはいえ、伽羅は至るところで居心地の悪さを感じていた。桔梗はどこへ行っても必ず知人に出くわし、伽羅を待たせたまま話に興じるのである。それでも最後は伽羅を竜胆の〈花〉として周囲の人に紹介するから、うっかりその場を離れることはできない。

そんな調子で過ぎた一日はやたらと気疲れするもので、帰りのクルーザーで伽羅は居眠りしそうになった。家には荷物がたくさん届いていた。ブティックで桔梗が買い込んだ服の他、軍の紋章がついた平べったい箱もある。表書きに自分の名前が見えたような気がしたが、桔梗がさっと手を出して持っていってしまった。

寝室に加わった新しい服や小物は地上にはない高価なものばかりだが、伽羅の好みからはほど遠い。途方に暮れて眺めていると桔梗が戻ってきた。

『明日はどこに行きたい？』

『竜胆から連絡は入っていませんか』

伽羅は聞き返した。桔梗はかすかに眉を上げて答えた。

『いや。昨日話したばかりじゃないか。彼はとても忙しいんだ。時間があるときに連絡をくれるさ』

『……そうですね』

伽羅はおとなしくうなずいたが、内心かなり落胆していた。理由は特になかったが、竜胆と今日も話せると思い込んでいた。

翌日は月の最新技術を展示したパビリオンに連れていってもらった。桔梗はここでもすぐに知り合いに出会ってお喋りをはじめたが、今日の伽羅は気にならなかった。月水晶の展示が素晴らしく、夢中で見入ってしまったからだ。伽羅が結晶の実物を見るのはこれが初めてだった。

月水晶を使った製品を地上へ大量に輸出しているにもかかわらず、地上の種族にとってこの鉱物は謎だった。月人は未加工の月水晶を月から持ち出すことを禁じていたし、製品内部の月水晶を取り出すこともできなかった。結晶にヒビが入り、粉々に割れてしまうのである。

一口に月水晶と言っても、何種類もあることや等級が分けられていること、それによって使い道が変わることを伽羅は初めて知った。エネルギー源として使われる結晶もあれば、地中の氷から水を取り出すために使われる結晶も、機械の制御装置や通信機器の部品として使われるものもある。

展示ケースの中の月水晶は透明から漆黒までさまざまな色あいや大きさで、伽羅の心を魅了した。

月水晶技術の原理を説明したパネルが並び、最後のパネルの見出しは「対立の克服——謎の解明に向けて」というものだ。専門的な語彙《ごい》ばかりで伽羅には半分ほどしか理解できなかったが、要は、月水晶という鉱物にはいまだ解明されない謎があり、もっと研究を進めなければならない、そのためには天人に積極的に協力を求めるべきだ、といった話である。

どうしてここで天人が引き合いに出されるのか伽羅にはよくわからなかった。天人の方が竜人より進んでいることでもあるのだろうか？

『伽羅君、面白いかい？』

振り向くと桔梗が退屈そうな顔で立っていた。

『はい、とても』

『そうか。私には目新しくもないが、そんなふうに前のめりに見てもらえると嬉しいよ』

桔梗は月水晶にあまり興味がないらしい。伽羅は一瞬ためらったが、少しくらい疑問を口にしてもかまわないだろうと思った。何しろ今日も、桔梗のお喋りをさんざん聞いているのだ。

『あの、天人と竜人にはどんな違いがあるんでしょうか？』

『どうしてそんなことを聞くんだい？』

『さっきの展示です。天人だけにわかっていることがあるみたいな書き方でした』

桔梗は一瞬きょとんとした目つきになったが、すぐに思い当たったらしい。

『ああ、月水晶のことか。それならありうる』

『どういうことですか？』

『月水晶に関しては、天人は我々より研究熱心なんだ。生来の能力の問題ではない』

話しながら桔梗は歩きだし、パビリオンから隣の交易センターへ進む。ここは月都市一のショッピングゾーンで、地上の物産から天人の最新ファッションまでなんでも買えるのだという。広いホールには美しく飾り立てられたショーウィンドウがどこまでも続き、これほどたくさんの品物を一度に見たことがない伽羅にはめまいがしそうな光景だった。見まわすとここにいるのは竜人だけではなかった。遠くに天人の翼が見えたし、地上の種族――熊族と白鳥族もちらりと見かけた。

桔梗はそんな伽羅の様子を気にすることもなく、隣を歩きながらべらべらと喋り続けている。といっても伽羅がたずねた月水晶の話ではなく、天人についてのさまざまな自説を披露しているのだ。着道楽の桔梗は衣服に関しては天人のセンスを尊敬しているという。

『残念ながら美的感覚は我々より天人の方が一歩先を行っている。とはいえ我々竜人の方が能力としては天人に勝っているけれども、彼らにも優れたところがあるという話だよ。ああ、もちろん伽羅君のような地上の種族も、優美で可愛らしい』

延々と続く桔梗の話は伽羅を少しばかりうんざりさせた。質問をすべきではなかったのかもしれない。

『まったく、地上の戦争で天人と竜人の溝《みぞ》が深まるのはどうかと思うね。我々の祖先はおなじ宙船でこの星へ来たのだ』

『そういえば竜胆が遺跡を発見したと言ってましたね』

ふいに思い出して伽羅は口をはさんだ。桔梗の目が急にするどくなった。

『ああ、そうなのだ。生みの母が違うので、私と竜胆は育ち方も多少違うが、あれほどできた弟もない。成人してからは地上にばかりかまけているのが玉に瑕《きず》だが、軍ではそれも評価されているというから、幸運な男だよ。しかし今になって〈花〉を選ぶとは……』

桔梗の口調は竜胆を褒めているとも非難しているともつかず、伽羅はどう反応すればいいのかわからなかった。さいわい、桔梗はすぐに視線をゆるめて話を変えた。

その日、伽羅は家に帰ってから竜胆と話をすることができた。桔梗のペンダント型通信機から壁に投影された竜胆は、前に話したときよりさらに疲れた表情だった。それでも伽羅の顔を見たとたん紫の眸に力がこもり、伽羅の胸はあたたかくなった。

竜胆と地上の言葉で話せることが嬉しかったのもあって、伽羅は月の名所やパビリオンで見た月水晶について興奮ぎみに喋ってしまった。竜胆は微笑みながら話を聞いていたが、伽羅の声が途切れると、思い出したようにたずねた。

「伽羅、手配したものは届いたか？」

手配？　伽羅が聞き返そうとしたとたん、桔梗がいらいらした素振りでやってきた。

『盛り上がっているところ悪かったね。知人に連絡しなくてはならなくてね』

伽羅は内心がっかりしたが、そう言われるとうなずくしかない。

『いえ、すみません』

自分にも通信機があればいいのに。しかし伽羅がこうして月にいるのは本来ありえない事態なのだ。月白に拉致されなければ月に来ることなどなかったのだから。高価な通信機を自分のために用意してくれなど、竜胆にも、ましてや桔梗に言えることではなかった。

伽羅が月に到着して三日が過ぎると、桔梗はたびたび外出するようになった。昼間出かけるだけでなく、夜のあいだ住まいに戻らなくなったのである。

それでも伽羅が朝起きたときは戻っていて、昼間は街を案内してくれた。そんなとき、桔梗は伽羅の安全についてそれなりに注意を払っていた。とある竜人の〈花〉が月を訪れたあと、行方不明になる事件が過去にあったというのだ。自ら失踪したのか連れ去られたのかもわからないまま、その竜人は今も〈花〉の行方を探しているらしい。

そう聞けば伽羅も気をつけなければ、と思ったが、桔梗はその後、さらに留守がちになり、家にいるときも仕事があると言って私室から出てこなくなった。それなのに夕刻にはいつの間にかクルーザーで出かけていたりする。

月人の住宅は機械で家事が自動化されていて、食事や洗濯や掃除はみな機械がやってくれた。桔梗がいなくても困ることはなかったが、クルーザーがなければどこにも行くことができないし、ひとりで外出してはいけないとも言われていた。地上の種族が月に来るために必要な査証を伽羅は持っていないからだ。

何日経っても竜胆から連絡はなかった。少なくとも伽羅と一緒にいるあいだ、桔梗の通信機は沈黙したままだ。

伽羅はひとりでいることを嫌だと考えないようにした。それに当初の物珍しさがなくなると、桔梗と街へ出かけることにそこまで魅力があるわけでもなかった。ドームに覆われた月人の街は美しく壮麗だったが、何度行っても土地勘がつかめない。桔梗について歩いていると時々不安に襲われる。

街ではたまにじっと自分を見つめる視線を感じることもあった。珍しいものを見る視線というより、兵士としての伽羅の勘を刺激するようなものだ。ところが桔梗に話しても、故郷を遠く離れているせいで過敏になっているのだとあっさり流されてしまった。竜人の〈花〉が行方不明になったことがあると言ったくせに、伽羅の感覚は信用できると思わないらしい。

桔梗が忙しくなさそうなときをみはからって、竜胆と話をさせてほしいと頼んだこともある。

『すまないが、昼間は竜胆の都合がつかない』と桔梗は答えた。

きっと伽羅の顔には落胆がはっきり出ていたのだろう。さすがに見かねたのか、桔梗は眉をくいっと上げて、なだめるように言った。

『わかった。夜にも連絡してみよう』

『ありがとうございます』

伽羅はほっとして礼を言った。ところがそのあと、桔梗はクルーザーで出かけて翌日まで戻らなかったのだ。次の日伽羅と顔を合わせても、謝罪のひとつもない。

ついに伽羅は我慢できなくなった。

『連絡を取ってほしいとお願いしたのは、どうなりました？』

『その話か。竜胆も忙しいから予定が合わないこともある』

『でも……』

『伽羅君と話したければ竜胆は私に連絡をくれるさ。いい子にして待っているんだ』

まるで取り合ってくれないのだった。伽羅は不信を見せないように努めた。桔梗も竜胆も忙しいのだ。〈花〉だからといって特別扱いはないのだと伽羅は自分に言い聞かせたが、ひとりになるとため息をついてしまう。

無為な時間に埋もれていたくなかったので、地上の両親や藍墨《あいずみ》に手紙を書くことにした。伽羅が月にいることは地上に行った菖蒲から狼軍に伝えられていた。竜の〈花〉のことは明かせないが、月で見聞きしたことを書くのは問題ないはずだ。

伽羅は両親に自分が月で安全に過ごしていると書き、月で新しい服をもらったことや、どんなものを食べているかを書いた。藍墨には月のドームや建物やパビリオンで見た月水晶について書いた。さらに月が地上とまったく違うこと、地上はここでは「緑の月」と呼ばれ、黒い宇宙の中に浮かんでいること、地上から見た月が満ち欠けするように緑の月も満ち欠けすること——。

ここまで書いたとき、急に目の奥がつんと痛くなった。視界がぼやけ、喉の奥がきゅっと締まる。うつむくとぽろぽろと涙がこぼれ落ちて、文字を滲ませていく。伽羅は鼻を啜《すす》り、嗚咽《おえつ》をこらえた。どちらの手紙も捨ててもう一度書き直したが、最初に書いたものよりずっと簡潔なものになってしまった。

ペンを放り出し、机に肘をつく。自分は子供のころから憧れていた月世界にいるのだ。それなのにどうしてこんなに気分が晴れないのだろう。

地上が恋しかった。晴れた日、透き通るような青い空の下で、春の風が花の香りを運ぶのを感じたかった。雨上がりの水の匂いも、狼の脚で土を踏んだときの感触も。騒々しくて埃《ほこり》っぽい街路や地区警備隊の狭い兵舎ですら恋しかった。獣に変身して仲間たちにじゃれついて、尻尾ではたいたり、全力で駆けたり。暗闇で遠吠えをすれば仲間たちがこたえ、狼の声は夜を切り裂きながらどこまでも伝わっていく――。

伽羅はため息をついて立ち上がり、部屋をぐるぐると歩きまわった。しまいにベッドに転がって、ぼうっと天井を眺める。

そもそもなぜ自分は月に憧れていたのだろう。

答えはおのずから浮かんできた。白い翼と鞭のように伸びた触羽に囲まれた美しい顔――そう、月白。

あの天人のせいだ。大切にしていた思い出はすべて嘘だったのに、伽羅は記憶を欺《あざむ》かれたままあの天人に囚われ続け、あげくのはてに今はこんなところに……。

伽羅は目を閉じ、月白のイメージを追い払おうとした。まぶたの裏の暗い模様が濃い紫色の筋となり、真正面から伽羅を見つめる眸に変わった。

――いや、違う。月白じゃない。

伽羅は胸の上で両手を組んだ。

竜胆。竜胆と契約したから今の自分はここにいる。月に憧れたきっかけが月白だったとしても、今ここにいるのは竜胆と一緒にいたいから。自分は彼の〈花〉になると決めたのだ。もし竜胆が地上を離れて月へ行くと言ったら、きっと自分はついていっただろう。

でも竜胆は――竜胆はそれを望んだだろうか？

宙船から月を見ていたときは思いもしなかった疑問が浮かんだ。自らの心をたどる道筋は曲がりくねり、迷路のように出口が見えない。伽羅が今、月にいることを竜胆はどう思っているのだろう。もう何日も竜胆に会っていない。声も聞いていない。なぜ竜胆は会いに来ない？

しばらくのあいだ忘れていた問いがふと頭に浮かんだ。

どうして竜胆は自分を〈花〉に選んだのだろう？

心の道筋の行き着く先は闇に包まれている。伽羅は思わず起き上がり、胸元をのぞき込んだ。鱗のかたちをした痣が六つ、胸の中心で欠けた円を描いている。

第17章　絆の意味

ひとりぼっちでいるあいだも、桔梗の住居には時間をつぶす手段がそれなりにあった。鍵がかかっていない部屋なら好きに使ってよいというので、伽羅は運動器具がそろった部屋で汗を流したり、音響装置に囲まれた部屋で音楽を聴いたりした。地上とおなじような紙の新聞や本は見当たらなかったが、ニュースやさまざまな娯楽番組を壁に投影する機械はあちこちに置かれていて、伽羅はいつもそれをつけているようになった。月語を聞き取れなくても、映像を見れば何が起きているかはわかる。

竜人の政治家や主要な王族はニュースや娯楽番組によく登場した。菖蒲が駐留軍の指揮官代理として地上へ出発した映像もニュースになっていた。菖蒲は現竜王の第五王子で、たとえ地上でも、伽羅のような一介の兵士が口を利くことなどありえない人物だ。

竜胆の一家も似たような立場だった。月の名所を紹介する番組を漫然と眺めていたら、突然今よりずっと若い竜胆が両親と一緒にいる映像が流れはじめ、伽羅はぎょっとしたのだった。かじりつくように観ていたら、まだ学生だった竜胆が「移住者の宙船」を発見した功績に褒賞を授与されたときの記録だとわかった。竜胆の父は政治家で、母は現王の血族だ。桔梗もちらりと映っていた。番組によると、宙船の遺構は今も月鉱山にあるが、一帯は保全のため閉鎖されているという。

自分も月鉱山を見たい。伽羅がそう言ったのを竜胆は覚えているだろうか。今ごろ竜胆は何をしているのだろう。

桔梗はこの数日伽羅を遠ざけるようになっていた。最初に会ったときはうるさいほどお喋りだと思ったのに、最近は顔を合わせても口数少なく、すぐいなくなってしまう。

いつ竜胆と話ができるのかと、伽羅に問われたくないのかもしれない。それとも地上の種族の面倒をみるのが嫌になったのか。

竜人は独居を好むと桔梗は話していた。結婚しても同居しない夫婦も多く、子供も若いころからひとり暮らしをはじめる。家族単位で群れを作り、群れで暮らす狼とはまったく違う種族なのだと、伽羅はいやでもわかりはじめていた。

月の地下の住居は網目のようなトンネルでつながれ、その中をクルーザーが高速で行き来する。ひとりひとり孤立しているように見えるが、桔梗が持っているようなペンダント型通信機があれば離れていても会話できるし、予定も確認できるから問題ないのだ。同居していなくても、夫婦や家族は通信機でつねに連絡を取り合うらしく、学校へ行く年齢になった竜人はみなペンダントをつけている。持っていないのは自分で自分の面倒をみられない幼児や病人だけ。

自分が彼らとおなじような扱いを受けていると思うと伽羅のプライドは傷ついたし、実際にやることもないと思うとますますゆううつな気分になった。月に伽羅の役割はない。竜胆のそばにいられるのならともかく。

とはいえ、一日中竜人のニュースや娯楽番組を観ていたおかげで伽羅の月語はずいぶん上達した。月の政情や天人と竜人の確執について、最初のうちは速すぎて聞き流していただけの言葉もだんだんわかるようになったし、竜人についての知識も増えた。地上でいくら本を読んでも決して知りようのない知識である。たとえば月面で竜型に変身するのは通常は禁止されていて、軍の任務や緊急事態など、特定の場合のみ許される、とか。この他、いちばん印象的だったことといえば——これだ。月人たちがどんなふうに子をなすか。

月人の雌は卵を産む。天人も竜人も同じだ。雄が卵を受精させる方法はふたつあった。雄が雌とつがって授精させたのちに雌が卵を産む方法と、雌が産んだ未授精卵に雄が精子をかけて授精させる方法である。

これを知ったとたん、竜人の夫婦が別居でもいい理由がなんとなく分かった気がした。さらに恋愛ドラマや下世話な冗談にあふれたコメディを漫然と観るうち、伽羅はうっすらと察するようになった。竜人にとってつがうのは今の時代、あまりよく思われない野蛮な振る舞いなのだ。雄と体の相性が合わない場合、雌の体はひどく傷つき、ときに惨事が起きることもあったという。というわけで、現代において竜人が子をなすとき、つがわない方法の方が一般的らしい。

ひょっとしたら竜人にとっては〈花〉とつがうのも野蛮なことなのだろうか。

ふと伽羅は思い出した。竜人の医者の砧はずっと前、〈花〉を得られるのは雄だけだと言っていた。だから女性の伴侶がいる月人は〈花〉がいても地上に居つくことは少ない、と。

あのときは気に留めなかったが、これはつまり、妻とは別に〈花〉を持つ竜人もいる、ということか？

伽羅はどきりとして手近な椅子に座り込んだ。

これまで伽羅は〈花〉を狼のつがいのようなものだと思っていた。狼のつがいは一対一で、どちらかが死ぬまで、場合によっては死んでも終わらないものだ。狼のあいだではつがいという言葉自体にそんな意味があるから、今までそう思い込んでいたのだ。

でも竜胆と伽羅のあいだにあるのは〈花〉の契約だけだ。伽羅の胸の痣は竜胆とつながったしるしではあるが、狼のつがいのような一対一の意味を持つとはかぎらない。そういえば天人の月白はこう言ったではないか。

(地上に降りたとき、手ごろな獣を見つけたら一度か二度犯して、しるしをつけておく)

伽羅は首を力なく振り、月白の酷薄《こくはく》な微笑を忘れようとした。代わって心の目に見えたのは竜胆の面差しで、凜《りん》として整った鼻筋や意思の強そうな目元、引きしまった顎の線だった。きりっと結ばれた唇が伽羅を見つめて柔らかくほころび、優しい微笑みを浮かべる。それがゆっくり伽羅に近づいてきて――。

伽羅は柔らかい背もたれに体を預けた。腰の奥が刺激を求めてひくりと疼《うず》いた。竜胆の腕がぐっと伽羅を抱き寄せ、唇が胸の痣に触れるのを想像する。抱きしめられたまま、竜胆の吐息が肌をかすめ、熱い舌が胸の尖りをまさぐって……。

伽羅は落ち着きなく腰をずらしたが、やがて我慢できなくなった。下着の上から自分に触れ、擦りはじめる。竜胆の口に敏感な場所を覆われ愛撫されていると思っただけで、手の中のおのれが頭をもたげた。下着を下ろしてしごきはじめると小さく声が漏れ、あっという間に達してしまう。しかし一時の快感が過ぎ去ったあとに思い浮かんだのはゆううつな考えだった。

ほんとうは、竜胆は〈花〉など欲しくなかったとしたら?

あるいは竜胆には月に誰かが――妻か、妻になるべき竜人がいたとしたら?

以前石榴《ざくろ》が言ったのだ。地上に留まるために〈花〉が必要なのに、ぎりぎりまで選ばなかった、と。期限が近づいた竜胆が仕方なく伽羅を選んだのだとしたら、月に戻ってその必要がなくなった今、伽羅がこうしてひとりきりにされているのも当然かもしれない。

伽羅は椅子に座ったまま頭を垂れた。そもそも最初は伽羅も、種族のために〈花〉となることを承知したのだ。伽羅が〈花〉になることが狼族全体に利をもたらすから引き受けた。でも――でもだんだん、それだけではなくなった。竜胆は優しかった。いつも誠実だった。触羽のこともごまかさずに話してくれた。だから伽羅も竜胆を――いつの間にか好きになっていたのだ。

竜胆の方はどうだったのだろう。

竜胆は月白にさらわれた伽羅を助けに来た。竜に変身して宙船に追いつき、伽羅を奪い返し、「私の花」と呼んだ。濃い紫の目が伽羅を見つめるときの、あのまなざしの感じ――あの奥になんの意味もないとは思えない。

しかし竜胆は、言葉で告げたことがあっただろうか？

そう思ったとたん、ハッとして伽羅は両手で自分をかき抱いた。

自分はどうだろう？　一度でも言ったことがあるだろうか。あなたが好きです――と。会いたい、と。あなたに抱かれたい。ずっとそばにいて、声を聞かせて……と。

伽羅の喉はぐっと締まって、目の奥に涙がこみ上げてきた。こらえる間もなくぽたぽたと膝に垂れ、決壊した堤防のようにあふれ出して止まらなくなる。受けとめる竜人はここにはいない。伽羅は伝えることができないのだ。

『竜胆はもう、月を離れる必要がなくなりそうだよ』

久しぶりに朝食を共にした桔梗がそう言ったとき、伽羅はビクッと肩を震わせてしまった。

『何か起きたんですか？』

『緑の月の争いが終わるからだ。こちら側の、天人に対する交渉もうまくいった。例の逃亡した天人はまだ捜索中だが、それはともかく緑の月では今夜遅くにも停戦の話が出て、獣と鳥の戦争は終わる。伽羅君、ずっとひとりにしていて悪かった。実は少し揉めていたんだ。伽羅君をどんな手続きで地上に帰すか。これもやっとまとまりそうだ』

今度は手が震えそうになり、伽羅は気持ちをしずめようと静かに呼吸をする。

『じゃあ、竜胆はこのままずっと……月に？』

『彼はここで必要とされている』

桔梗は伽羅の動揺に気づいているのかいないのか、あっけらかんとした口調で言った。

『その……だったら俺はこのままでいいんでしょうか』

『どういうことだね？』

『竜胆が地上へ行かないのなら〈花〉はいらないと思います』

『ああ、その話か。竜胆がどこにいても契約を解かないかぎり伽羅君が〈花〉であることに変わりはない。それに、〈花〉は地上と竜人を結ぶ象徴的な立場なのだよ。名誉職のようなものだ、気に病む必要はない』

桔梗の言葉を伽羅はそのまま受け取れなかった。逆に、実は竜胆は〈花〉の契約を解きたいと思っているのではないかという疑いが浮かび、次いで、ひょっとしたらすべては伽羅の思い違いかもしれない、という考えになった。体の芯から力が抜けてしまいそうな、ゆううつな考えだった。

――竜胆は伽羅のことが好きでもなんでもないのかもしれない。いや、地上にいたときや、月白から助けてくれたときはそうだったにせよ、月へ戻ってきて考えが変わった、とか。竜胆から連絡がなかったのも、桔梗から連絡を取ってくれなかったのも、竜胆自身が望んだのかもしれない。こんなふうに伽羅を遠ざけて、間違いだったと遠回しに知らせるために。

桔梗は何も言わずに伽羅の様子を見ていた。伽羅も黙ったまま座っていると、桔梗は無言のまま立ち上がり、慰めるように伽羅の肩を叩いて、部屋を出ていった。

翌日になって桔梗が正しかったとわかった。戦争の話である。緑の月の停戦はニュースで大きく扱われていた。具体的な戦況まで知ることはできなかったが、狼族、それに獣族同盟に有利な講和になるようだ。

竜人にとっても伽羅にとっても喜ぶべき知らせなのに、伽羅は座ったままぼんやりと映像を眺めていた。桔梗があらわれて『宙船の手配ができたよ』と伝えたときもそうだった。あまりに突然すぎて、伽羅はぽかんと口を開けた。

『え？』

『停戦が決まったから、足止めされていた交易便が動き出した。よかったな、伽羅君。明日出発する船で故郷へ帰れる』

そんな——伽羅の心をよぎったのは嬉しさではなく、こんなはずではなかったという思いだった。

では竜胆に一度も会わないまま、自分は地上へ戻らなければならないのか。

『あの、俺はもう竜胆に会えないんですか？』

声の震えを止められなかった。桔梗は哀《あわ》れむような目で伽羅を見た。

『そんなに会いたいのか。可哀想《かわいそう》に……』

伽羅はどきりとして桔梗を見返したが、竜人は視線から逃れるように顔をそむけた。

『まさか、竜胆に何かあったんですか？』

桔梗は首を大げさに振り、伽羅に向き直った。

『いや、竜胆は元気だ。ただもう伽羅君に会いたくないのかもしれない。彼には罪悪感があるのだ。伽羅君を月まで連れてきておきながら、こんなことになってしまったから』

『どういうことです？』

思わず声が大きくなった。

『教えてください。いったい竜胆に何があったんです？』

桔梗は小さく肩をすくめ、壁に投影されたニュースを指さした。竜胆が竜人の女性と並んで歩く映像が流れ、すぐに別の画面に切り替わる。

『隣にいるのは菖蒲の妹の撫子《なでしこ》、竜王の王女だ。正式な声明はまだないが、結婚することにしたのだな』

第18章　あるべき場所へ

ドームに覆われた月人の街には土がなく、空気は澄んでいる。

そういえばここに到着して間もないころ、この匂いにかすかな違和感を感じたものだった。でも今は慣れてなんとも思わなくなっている。

この街区を覆うドームはくすんだ銀色で、まるで地上の曇り空のようだ。竜人の政庁や議事堂が重々しい雰囲気で立ち並んでいる。しかし隣の街区のドームは晴れやかな金色で、打って変わって明るい雰囲気だった。こちらの街区には前にも行ったパビリオンや交易センターがある。トンネルを抜けた桔梗のクルーザーは街区の境界に止まったので、伽羅はドームの継ぎ目を見上げることができた。

金色のドームの下は買い物を楽しむ竜人たちでにぎわっている。

『必要なものを買いなさい。仲間への土産や、もちろん伽羅君が欲しいものも。私のクレジットで払うから遠慮しなくていい』

桔梗が先に立って交易センターに入ったので伽羅も仕方なくついていった。以前に来たときと同様、きらきら輝くショーウィンドウと品物の海が広がっている。またも伽羅はめまいがしそうになった。どこもかしこもピカピカと輝き、精密機械も装飾品も、月水晶が使われた高価なものばかりだ。

『これはどうかな。これも。この調理器具はまだほとんど輸出されていないだろう。ご家族が喜ぶのではないかな。これなどは友達への贈り物にすればいい。ああ、これは伽羅君によく似合う。もう少し自分を飾った方がいい』

桔梗は伽羅の返事を待たずに品物を勝手に選び、注文していく。最初のうちこそ伽羅は口をはさもうとしたが、うきうきした雰囲気の桔梗とは対照的に気分は沈む一方だったから、やがて気力を失ってしまった。

桔梗は月の流行の先端をいく、華やかで優美なものを好む。伽羅が今身につけている服は前に桔梗が買ってくれたもので、鮮《あざ》やかな青に銀の装飾が散りばめられている。月にいるあいだに少し伸びた巻き毛も桔梗が選んだ髪飾りでまとめている。伽羅が文句も言わずにそれらを身につけたせいか、今日の桔梗は上機嫌で口数も多い。

もっと飾れと桔梗は言ったが、店の鏡に映った伽羅は周辺で買い物にいそしむ月人たちや桔梗とおなじくらい華やかな身なりだ。髪につけた装飾が光を反射して輝き、まるで自分ではないように見えた。それでも伽羅の心は桔梗の住まいを出る前から影に覆われたように暗く、光が射し込む場所を見つけられずにいた。

自分は竜胆に会えないままここを離れてしまうのだ。

このまま地上に戻っても、きっと一生、この影を宿して生きるに違いない。

すれ違った竜人が、ずいぶんなにぎわいだな、と連れに話しているのが聞こえた。再開した交易便が到着したからね、という返事を聞いて、だから自分も帰れるのかと伽羅は納得した。

桔梗は買った品物をまとめてもらうために奥へ消えたが、伽羅は交易センターの外へ出た。もうすぐ月を離れるのだから、ちょっとくらいひとりでいてもかまわないだろうと思ったのだ。緑の月の停戦は竜人の社会にとっても明るいニュースだったのか、街の雰囲気は心なしか以前よりも明るく、騒がしく思えた。どこを見まわしても真新しくてピカピカだ。

しかし今の伽羅はこの光景に好奇心をそそられなかった。どれだけ月の地表が明るくとも、ここで過ごした時間は伽羅にとって明るい記憶にはならないだろう。

伽羅は街路の端に立って、交易センターに出入りする人々を眺めた。月語のざわめきに耳を傾けながら、これからのことをぼんやり考える。月にいるあいだに伽羅の月語が上達したのは確実だから、狼軍で生かせるかもしれない。たとえば竜人の通訳とか。そういえば竜人駐留軍の指揮官は菖蒲のままなのだろうか。彼にも〈花〉がいるのだろうか……いや、戦争が終わったら彼も月に戻るのかもしれない。竜胆は今、どこにいるのだろう……。

考えまいとしているのに、伽羅の心は自然に竜胆を思い、そのたびに胸の奥がずきずき痛んだ。地上に帰ってしまえばこんなふうに胸が痛むこともなくなるだろうか？　それともずっとこの痛みをかかえて生きるのだろうか？

ふいに故郷の言葉が聞こえた。

「……伽羅さん？」

それは月語のざわめきの中でもひときわはっきりと伽羅の耳に飛び込んできた。驚いて振り向いた伽羅の視界に今度は鹿族のふたり連れが映った。故郷で出会った香料の商人、山吹《やまぶき》と黒鳶《くろとび》だと思い出すまでに少し間があいた。

「……どうして……」

「やっぱり伽羅さんでよかった。ここの人たちのような服装だから、間違っていたらどうしようかと」

　黒鳶が小さな声で言い、山吹が大きくうなずいた。

「着いたばかりなんですよ。実は伽羅さんに会った日のあの事件がきっかけで、竜人と取引をする話が舞い込んできまして、特別に査証を出してもらったんです。停戦になったのでようやく来ることができました。伽羅さんと会ったときに仲裁してくれた指揮官の方が月の大使館にいて、びっくりしましたよ」

「大使館――ですか？」

　伽羅はまともな返事ができなかった。

「竜胆――指揮官が？」

　山吹は伽羅の困惑に気づかなかったようだ。

「伽羅さんが天人と鳥族に連れ去られて、月まで行ってしまったというので、獣族のあいだではものすごく大きなニュースになっていました。大変でしたね。無事で嬉しいです。あの、すごく格好いいです！」

　伽羅は目をまるくした。

「俺が？」

「狼の王子様って感じだ」

　山吹はさらに何か話そうとしていたが、黒鳶がさえぎるように伽羅に顔を寄せた。

「大丈夫でしたか？　山吹は宙船に乗っても平然としてましたけど、僕はすごく怖かった」

臆病な鹿族が宙船に乗るのを迷っている光景が思い浮かんで、伽羅は微笑んだ。

「ええ、大丈夫です。ありがとうございます」

「僕らが乗ってきた船で帰られるんでしょう。新聞に出ていました。ご両親も軍本部で待っているそうです。ここで会えてよかったです。帰ってからまた会えるといいですね」

伽羅はうなずいた。

「……地上で、また」

「また、地上で」

黒鳶が優しい声で言った。伽羅は鹿族ふたりと握手をし、手を振って見送った。急にそれまで感じていなかったさびしさが喉の奥にこみ上げてきて、唾を何度か飲み込む。

地上の知り合いに会えたというのにどういうことだろう？　そう思ったとたん、さびしさの正体がわかった。

帰りたくないのだ。このままここにいたい。

自分が宙ぶらりんな存在になったような気がした。地上の仲間や両親にはもちろん会いたい。でもまだ——まだここを離れられない。

『やあ、ここにいたのか。待たせたね』

桔梗はあいかわらず上機嫌だ。伽羅の動揺にまるで気づいていないらしい。

『荷物は運んでくれるから、行こうか。今日の船は鉱山都市を経由するから多少時間がかかるが、特別室だから快適に過ごせるだろう。伽羅君は特使——いや、王族待遇だからな』

『あの……』

『なんだ？』

竜胆は大使館にいるんですか？　伽羅は喉元に上がってきた言葉を飲み込んだ。桔梗は答えてくれないような気がしたのである。ちらっと桔梗の胸元を見る。通信機のペンダントはいつものようにそこに下がっていた。竜胆はほんとうにまったく連絡をくれなかったのだろうか？

どうしてまだここを離れてはいけないと思うのだろう。そう自分に問いかけたとき、答えがわかった。

このまま竜胆に会わずに月を離れるのは間違っている。たとえ竜胆が自分に会いたくないとしても。自分はまだ、竜胆にいちばん大切なことを伝えていないのだから。

『伽羅君!?』

政庁の方向へ走り出した伽羅の背に、桔梗のあわてふためいた声がかかった。伽羅は気にしなかった。道行く人々は全力疾走する伽羅に驚いて道をあけ、驚きの表情を見せたが、これも気にしなかった。

月人の服は全力疾走には向いていない。それでも伽羅は走ることに集中し、いつの間にか獣に、狼に姿を変えていた。姿を変えようと思ったのではなく、ただ速く走りたいと願ったら勝手に変身がはじまったのだ。服はボタンがはずれ、一部は地面にずれ落ちて、一部は体にまとわりついて、やがてどこかへ行ってしまった。土のない堅い舗装の上を爪が引っかく。久しぶりの変身のせいか、人間の姿のとき伽羅の心にはめられていた箍がぱちんと音を立ててはずれた。狼の本能が体を満たし、伽羅を跳躍《ちょうやく》させる。大きく踏み切った体は目の前の竜人をびゅんと飛び越え、着地してまた走り出す。

『狼？』

『止まれ！　変身は禁止だ！』

狼の本能は人の姿ではわからない微妙な匂いも嗅ぎ分けられる。伽羅の足は自然に大使館へ向かう。地上の種族の匂いが惹きつけたのだ。狼は制止の声など聞いていない。伽羅は大使館の門の中へ駆け込み、さらに走りながらいくつもの匂いを嗅いだ――軍用品の匂い、獣たちの匂い、竜人の匂い。そして間違えようのない、竜胆の匂い。

伽羅は吹き抜けの階段を駆け上り、その先に立つ長身へと狼の本能のまま身を躍らせた。獲物を狙うような跳躍の先に、竜胆の幅広い肩があった。竜人の力強い腕が伽羅の頭をかかえた――首筋の毛をつかみ、背中に回された腕ががっしりと体を支える。

「伽羅……!?」

この声は竜胆だ。たしかに竜胆だ。

伽羅は狼のまま甘えた声で鳴いたが、竜人の体温が伝わってくるにつれてはち切れんばかりだった狼の本能がしぼんでいった。正気を取り戻した体はたちまち人の姿に戻りはじめたが、伽羅はまだ竜胆にしがみついていた。竜人は伽羅を支えたままそっと巻き毛を撫で、背中をさすった。

『伽羅様？』

これも聞き慣れた声だった。伽羅は顔を上げた。竜胆の斜めうしろに石榴が呆然《ぼうぜん》とした顔で立っている。

伽羅はもがくのをやめたが、竜胆の紫の眸に浮かんだ困惑を見たとたん、ここから消え失せたくなった。

あわてて竜胆から体を引きはがそうとしたが、頑丈な腕は締めつけるように伽羅を抱きしめていた。

「ごめんなさい」


「ごめんなさい」

小さくつぶやき、息を吸って勇気をかき集める。

「最後にあなたにもう一度会いたかった。あなたは俺に会いたくないと聞いたけれど、それでも、会いたくて……」

「伽羅、なぜだ」

竜胆の険しい声が顔のすぐそばで響いた。

「きみの方が私に関わりたくないと……言ったのではないのか。私が何度連絡してもこたえなかった。桔梗はきみが地上を恋しがるあまり、私を拒否するようになったと――もうあきらめた方がいいと」

「連絡？」

苦しいほどきつく抱きしめられ、伽羅の息は上がっていた。

「俺はそんなこと一度も言っていません。そうじゃない、あなたと話をさせてくれと桔梗さんに頼んだけれど、桔梗さんはあなたの方が……都合がつかないと。それにあなたは……王女と一緒になるから、俺にはもう会いたくない――って」

「王女と？　まさか、その話はとっくに――」

竜胆の腕の力がゆるんだ。どこかを探って鎖を引っぱり出す。ペンダント——通信機だ。

「桔梗はきみにこれを渡さなかったのか？」

伽羅は弱々しく首を振った。

「伽羅を桔梗に預けたあと、新しいものを手配して書類と一緒に送った。桔梗は……」

「いいえ。桔梗さんからは……服や……身につけるものはもらいましたが、それは持っていません。書類って？」

竜胆の眉がひそめられる。

「きみが私の〈花〉だと証明するものだ。そうか……まさかと思ったが」

「竜胆、どういうことなんです」

階下は人々がざわめいていて騒がしい。その中をカツカツと足音が響き、よく通る声が吹き抜けに響いた。

『伽羅！　ああ、竜胆、すまなかった——すぐ行く』

桔梗が声を張りあげている。伽羅を追ってきたに違いない。竜胆の眉がさらに険しく寄せられた。

「これを着なさい」

素早く上着を脱ぐと伽羅の背中に羽織らせてくれたので、伽羅はあわてて前を合わせ、今や申し訳程度にしか残っていない服を隠した。上着の裾は伽羅の膝まで届き、余った袖と肩の布が重い。竜胆は安心させるように伽羅の背中を軽くさすり、石榴にちらりと視線を投げた。

「伽羅様、こちらへ」

主人に忠実な竜人は伽羅を守るように自分のうしろに導く。竜胆は腕を組んでいる。桔梗が最後の段を上る前に、厳しい声が響き渡った。

『私と伽羅を引き離そうとしたな。桔梗』

桔梗は足を止めた。

『まさか、そんなことはしていない』

『何を言う。伽羅にコミュニケーターを渡さなかったな？』

吠えるような声だった。桔梗のひたいが苛立ちでぴくりと動いた。

『ああ、忘れていたよ』

『私がどれほど伽羅を求めていたか知っていたのに？』

桔梗は冷たい口調で言った。

『おまえが地上にかまけすぎだから、もっと月に集中させようと思っただけだ。〈花〉と共に地上へ行けば、おまえは月での義務を忘れるだろう。兄としてそんなことを見過ごしにはできないし、その子は故郷を恋しがっている。だから離れさせるべきだと――』

『桔梗、私は自分の義務をおろそかにしたことは一度もない。そもそも今私が月にいるのは予定外のことなのだ』

『本当にそうか？』

桔梗は腕を組み、目を細めた。

『竜胆、おまえはずっと〈花〉を選ばなかった。だから私はてっきり、おまえはもう月に帰るものだとばかり思っていたのだ。だから撫子との話をまとめてやろうとしたのに、おまえは私の顔に泥を塗ったのだぞ』

竜胆は呆《あき》れた目で桔梗を見た。

『私は縁談をまとめてくれと頼んだことはないぞ』

『軍人のおまえが王女と結婚すれば王党派の追い風になる。次の選挙での私の立場も』

『それがおまえの目的か、桔梗』

怒りで竜胆の声は低くなっていた。桔梗が一瞬たじろぐ。

『その何が悪い。たかが獣に執着する方がよほど――』

『たかが獣だと?』

とたんに空気が重くなった。伽羅の視界は黒い翼で覆われた。雷が落ちるような音が大使館中に響き渡る。竜胆が吠えたのだ。

翼が広がり、桔梗の方へ伸びた。竜胆の眸は明るい紫に輝き、翼にからめとられるようにして桔梗は階段を踏み外した。そのまま下へ転げ落ちていく。

音が消えると周囲は静まり返っていた。竜胆は刺すようなまなざしでのろのろと体を起こす桔梗を見た。

『おまえを信頼した私が間違っていた。桔梗、おまえにはおまえの責任があるように、私には私のなすべきことと……大切なものがある』

黒い翼がするすると竜胆の背中に吸い込まれて消えた。伽羅を振り向いたとき、竜胆の眸はいつもの色に戻っていた。ほとんど黒く見えるほど濃い紫の眸だ。

「伽羅、行かなくては。船が出る」

「嫌です」

許されるのかわからないまま、伽羅は思いをそのまま口に出していた。

「俺はあなたと一緒にいたい。あなたの〈花〉だから。あなたが月にいるのなら俺も月に残ります」

「大丈夫だ、伽羅。私も共に地上へ行く」

伽羅は息を呑《の》んだ。竜胆の腕が伽羅の背中に回り、指が巻き毛に絡んだ。吐息がひたいに落ちてくる。重なってきた唇に伽羅は夢中でこたえた。長い口づけが終わっても、体の中から湧き上がる喜びに膝はがくがく震えたままだ。竜胆の胸にひたいを押しつけて、ずっと告げられなかった言葉をつぶやく。

「あなたが好きです」

竜胆の腕にさらに力がこもった。

「きみを愛している。さあ、行こう」

『すぐに地上へ行く？　竜胆、待て。そんなことが許されるものか！　父上の立場を考えれば地上の獣とつがいになっている暇があるものか。王女との縁談を断って〈花〉を選ぶだと？』

大使館を出るあいだも、桔梗は竜胆の背中に追いすがるようにしてあれこれわめき立てている。伽羅は視界にも入っていないらしい。

しかし竜胆は桔梗を無視したまますれ違った熊族と挨拶《あいさつ》を交わし、その次は自分の通信機を使って離れた場所にいる相手と会話をはじめた。石榴が伽羅を大使館の外のクルーザーへ導き、乗るようにうながしている。

桔梗の声は次第に小さく尻すぼみになった。相手にされないまま話し続けることに疲れたに違いない。竜胆はようやく桔梗の方を向いた。

『話はそれで終わりか？』

『おまえは祖先の遺物を発見した英雄で、おなじ父の子でも人が期待するのは私ではなく、触羽を持つおまえなのだぞ――』

『他人の期待などどうでもいい。伽羅の世話をしてくれたことには礼を言うが、期待にそわないからといって小細工をしたのは見損なった。私は〈花〉を選んだら妻は持たないし、政界には興味がない。前にも話したはずだ。〈花〉を選ぶのに時間がかかったのは――今まで伽羅に出会えなかったからだ』

『竜胆！』

竜胆はそれきり振り向きもせず、桔梗の顔も見なかった。伽羅のあとからクルーザーに乗り込むと、また通信機を使って会話をはじめている。

伽羅の胸はどくどくと強く脈打っていた。最後に聞こえた竜胆の言葉のせいだ。

「伽羅様もコミュニケーターをお持ちだと思っておりました」

石榴がクルーザーの扉の外から小声でささやいた。

「あの通信機ですか?」

「はい。月の上でしか通じませんが、伽羅様にも持っていただかなくては。出発までにお渡しできるよう手配します。のちほど合流しますので、今はこのまま宙港《ちゅうこう》に行ってください」

「石榴さんはいつ月に?」

「三日前に参りました」

クルーザーはすべるように動き出した。竜胆はまだ通信機でこの場にいない相手と話し続けていたが、それでも隣に座った伽羅の腰に腕を回して抱き寄せようとする。伽羅も竜胆の胸に耳を押しつける。竜胆の声は低く、くぐもっていて、話している内容はほんの一部しかわからなかった。条約、講和、月水晶——知っている単語はところどころ聞き取れたが、遠くで奏でられている音楽のように細部を追うことができない。ずっと心を覆っていた暗い影が、こうして竜胆の隣にいるだけで消えていく。

我を忘れて獣の姿で駆け出したことに後悔はなかった。そうしなければ二度と竜胆に会えなかったかもしれない。こうして鼓動を聞くことも、体温を感じることもできなかった。

クルーザーはしばらくして見覚えのない大きな施設の前で止まった。月に降り立ったときとは違う場所だが、竜胆は迷いなくクルーザーを降りた。小さな扉から中に入ると、すぐそこに軍服を着た竜人が待機していた。先に立って廊下を進み、透明な扉を指し示す。

扉は竜胆が前に立つだけで左右に開いた。向こう側は贅沢な造りの待合室だ。彫刻の施された椅子や毛足の長い絨毯《じゅうたん》は「緑の月」製だとひと目でわかった。伽羅は入口で立ち止まってしまったが、竜胆は慣れた様子で奥へ歩いていく。伽羅の背後で扉がまた開いた。さっきの竜人があらわれ「お着替えです」と言って布包みを椅子に置くと、敬礼して立ち去った。

「そこがシャワー室だ。着替えておいで」

竜胆が勝手知ったるといった様子で中の仕切りを指さした。包みの中身は竜胆とおなじ黒い軍服とブーツだ。身支度して戻ると、竜胆は棚からグラスと瓶を取り出しているところだった。

「伽羅、おいで。喉が渇かないか？」

「竜胆、地上へ行っても大丈夫なんですか？　こんなに急に――俺は……あなたと一緒にいられるのなら、帰れなくてもいいのに」

「そうはいかない。きみは帰らなければ」

竜胆は長椅子に腰をおろした。テーブルにグラスを並べ、瓶の中身をそそぐ。手招きされて伽羅も長椅子に座ったが、グラスの横に置かれた瓶のラベルに目をみはった。狼族の地区で売られているサイダーだ。宙船で運ばれてきたに違いない。グラスに口をつけると弾ける泡から故郷の香りがたちのぼり、胸が懐かしさでいっぱいになった。

竜胆はそんな伽羅をしばし見守っていたが、やがておだやかな口調で言った。

「狼族は拉致された仲間が一日も早く戻ることを望んでいる。帰還の手配は桔梗が行ったが、正式に承認された手続きだ。地上にはきみの両親や友人や、きみを待っている仲間がいる。きみが月に居続けるより、私が地上へ行く方が失うものは少ない。たしかに急な出発だが、月に戻ったこと自体も予定外だった。きみが私の〈花〉として、私をまだ受け入れてくれるのなら、この程度は許される」

「まだ？」

伽羅は驚いてくりかえした。

「そんな……あたりまえです。俺はずっとあなたに会いたかった」

「きみの口からそれを聞けてどれだけ嬉しいことか。桔梗のくだらない企《たくら》みに騙《だま》されて、私はもう少しできみをあきらめるところだった」

「竜胆、あなたは騙されるような人じゃないのに」

「そう思うか？」

竜胆はうすく微笑んだ。

「月に到着してからずっと、私は軍の職務と王家の行事に忙殺され、きみのそばにいてやれなかった。最初の二日は桔梗を通じて話ができたが、そのあとはきみのコミュニケーターにもつながらなかった。桔梗はきみがふさぎ込み、私を拒絶していると言ったが、それが嘘だと思えなかったのだ。なぜなら……」

竜胆は言葉を切ったが、伽羅は黙って続きを待った。

「伽羅、きみの胸には羽根の痣があった。出会ったときのきみはその意味を知らなかっただろう？　だが、月白の一件をきっかけに羽根の痣の原因を……思い出したのかもしれないと思った。だから月に関わるものがすべて、耐えがたくなったのではないかと……私も含めて」

「いいえ。俺は月白みたいな天人とあなたを一緒になんかしない。あなたの〈花〉になったのは、最初は種族のためでした。でも今は違います。それに月白は、俺をさらったとき……」

伽羅は口ごもった。月白こそが子供の伽羅に羽根の痣を残した張本人だと、今竜胆に告げるべきだろうか。月に対して抱いていた憧れも。月白の残酷な触羽のせいだと？

黙り込んだ伽羅の手に竜胆がそっと触れた。眸は揺るぎなく伽羅を見つめている。

「伽羅。月白の捜索は進んでいる。地上の停戦が決まってからは天人政府も捜査に協力的で、今は潜伏場所を洗い出しているところだ。我々は必ず彼を捕らえてしかるべき裁きを受けさせる」

重なった竜胆の手のひらはあたたかく、伽羅を慰めているようにも、力づけているようにも思える。

伽羅は思い切って口を開いた。

「竜胆……俺は子供のころ、月」

ガタッと物音が響いた。

伽羅はびくりと肩を跳ねさせ、竜胆もさっと音のした方へ目をやる。入口の扉が中途半端に開き、カートに積まれた荷物の小山が見えた。ごほん、という咳払いが聞こえ、小山の向こうから石榴があらわれた。めったにない失態のせいか、いつもの冷静な執事の顔がかすかに紅潮している。

「お邪魔して申し訳ございません。お声がけする前に開いてしまいまして」

竜胆が眉を寄せてたずねた。

「――その荷物は？」

「伽羅様あてに運ばれてきたのです」

石榴がカートを部屋の中に押し込んだ。積まれているのはきちんと包装された高価な品々である。

桔梗が買ってくれたものだと一瞬思い出せなかった。

「これは俺が買ったものじゃないんです」

「桔梗だろう。こうして届けてくるのが彼らしい」

竜胆が呆れ声でつぶやく。

「積載制限は？」

「問題ないとのことです。なんとも……桔梗様らしい」

石榴の声には軽蔑したような響きがある。

「それならもらっておけばいい。桔梗のことだ、土産にしろと言って、自分が好きなものを勝手に選んだのだろう」

「ええ、まあ……」

伽羅がうなずくと、竜胆と石榴は呆れ顔で目配せを交わした。

「やはり、思った通りだ」

「貨物室に預けましょう。搭乗のお時間です。手荷物はこちらに」

「ああ」

竜胆は石榴から鞄《かばん》を受け取った。さっと中を見て、軍の紋章がついた箱を取り出す。

「伽羅、きみのコミュニケーターだ。これから乗る宙船は大型で、鉱山都市で貨物を積んでから地上に向かう。月面を離れるまでは身につけていなさい」

手のひらに収まる大きさの通信機は、月に来てからずっと欲しかったものだ。軍服の内ポケットは通信機にぴったりの大きさだった。

ポケットにしまって顔を上げると竜胆の両手が背中に回ってきた。石榴が背を向けたすきについばむような口づけを落としてくる。軽い触れ合いにもかかわらず、伽羅の背筋には官能的な震えが走った。

月白のことはいつか話せるときが来るだろう。今の伽羅の胸に天人の羽根はない。地上に着くまでに必要なのは竜胆のしるし、鱗の痣だった。輪が完成するまであとひとつ——そう思っただけで欲望が疼いた。伽羅は赤面しながらそっと体を離した。

月のドームの天井からまばゆい光がそそぎ、宙船をきらきらと輝かせている。タラップを上る伽羅と竜胆を石榴がいつまでも見送っていた。

第20章　月水晶の秘密

　地上へ向かう宙船は大型の旅客貨物船である。搭乗口の先では乗組員が待っていた。

　伽羅と竜胆が案内されたのは奥に細長くのびた特別室で、天井と床のつなぎ目が優美な曲線を描いていた。乗組員は伽羅に壁の操作パネルの使い方を教えてくれた。最も奥まったところに大きなベッドが置かれている。その向こうの淡い真珠色に光る壁には、外の景色を映すこともできる。手前には長椅子とテーブル、それに専用のシャワー室もある。

　竜胆は慣れた仕草で乗務員に心づけを渡し、伽羅は船内図を眺めた。巨大な船の大半は貨物用のスペースに占められているが、旅客用には客室の他食堂や娯楽室も備えられている。

「すぐ離陸するんでしょうか」

「乗客が全員搭乗するのに少し時間がかかる。ラウンジに展望スクリーンがあるはずだ。見に行きたいか？」

「はい」

　ラウンジは一階層上にあり、伽羅と竜胆が着いたときには他の乗客も集まっていた。人々が見守る前で真珠色の壁がひときわ明るく輝き、宙港を映し出すスクリーンとなる。伽羅以外の乗客はみな月人だった。みな実用的な服装をしているが、竜人だけでなく、白い翼を背に負った天人の姿もあった。

　竜人の都市にいる天人は身元の確実な民間人だ。月白とはなんの関係もないはずだが、伽羅は無意識のうちに背筋をこわばらせていた。桔梗に連れられて月都市を歩いたとき、時折不穏な気配を感じたことが頭をよぎった。月白がまだ逃亡中だということも。

伽羅は天人から目をそらし、小さく息をついた。月白がどこにいようともう自分に関わることはないはずだ。

竜胆の手がなだめるように伽羅の肩に回った。

「ごらん、月の地図だ」

落ち着いた声が耳元でささやく。伽羅の緊張はたちまちゆるんだ。大きなスクリーンの隅には月面の略図が映し出されている。

「この船はドームを出たらまず鉱山都市へ行く。そこで貨物を積んでからシールドを抜けて緑の月へ向かう」

「鉱山都市って、ひょっとして月鉱山の近くですか?」

「ああ。鉱山都市は鉱山地帯の入口だ。月水晶の鉱脈にはそれぞれ種族別の採掘権があるが、鉱山都市と宙船遺跡の一帯は種族中立の協力機関が統治している。貨物を積むのに時間がかかるから、そのあいだに山を見に行こうか」

思いがけない提案に伽羅の声はうわずった。

「いいんですか?」

「ああ。以前話していただろう」

では竜胆は覚えていたのだ。早くも故郷に向かっていた伽羅の心はたちまち月へ引き戻された。月鉱山へ行ったというのは地上の仲間たちへのこのうえない土産話にもなるだろう——そう思うとかすかな不安も消えて、期待だけが残った。

宙船から見た月の鉱山地帯は、丘陵の真ん中に巨大なクレーターがぽかりと大きな凹みを作っているという、実に不思議な光景だった。ここでは竜人の都市のような白いドームではなく、透明な丸いシールドがいくつも連なってクレーターと丘陵一帯を覆っている。シールドの内部には空気が満たされ、宙船はフラスコの首のように突き出た筒から地表の発着場へ降りていった。

発着場の周辺には倉庫や工場、研究所が並んでいたが、竜人の都市のように壮麗な建物ではなかった。どちらかといえば、伽羅が慣れ親しんだ地上の建造物——兵舎や軍本部を思い起こさせる建物で、道路を行き交う乗り物も故郷の自動車によく似ている。住民の居住区は竜人の都市と同様に地下にあった。クレーターのあちこちにあいた小穴には階段が造られ、地下の大洞窟につながっている。太陽が月の地面を照らしているのに、透明なシールドの向こうの空は真っ黒で、星々が銀砂のようにまき散らされている。その中にぽかりと浮かんでいるのは「緑の月」だ。

貨物を積んで出発するまでに半日ほどかかるという。意外に時間が必要なのだと伽羅は驚いたが、他の乗客は慣れたもので、ぞろぞろと宙船を降り、自走路で居住区へ向かっていた。伽羅も竜胆のあとについて外へ出た。

宙船でたっぷり食事をとったばかりだったが、興奮した体はやけに軽い。ふたりのうしろには竜人の護衛がふたりつき従っていた。

「月鉱山はどっちですか？」

はやる気持ちを抑えてたずねたのに、竜胆は愉快そうに笑っている。伽羅は赤くなり、次いで口を尖らせたが、竜胆は愛情のこもった手つきで伽羅の肩を抱いた。

「クレーターの縁に坑道の入口がある。その前に装備を整えないと」

やがてたどり着いたのは狼軍の自動車整備場のような施設だった。広いガレージに小型の乗り物がずらりと並び、横手には整備用のピットがある。鼻をつくオイルの匂いは伽羅にも馴染《なじ》み深いものだ。

竜胆が堂々とガレージに入っていくと、工具棚の前の影が動いた。棒のように痩せた竜人が一行を見て「なんと、竜胆じゃないか」と言った。白髪に皺《しわ》の寄った顔立ちで、かなりの高齢らしい。竜胆は笑顔で手を差し出した。

『檜扇《ひおうぎ》、お久しぶりです』

『緑の月にいると思っていたぞ。いったい何年ぶり——ああ、クローラを手配したのはおまえか。さっきの船で来たんだな』

『ええ。私の〈花〉に月鉱山を見せたいのです』

『〈花〉？』

檜扇と呼ばれた竜人は、そのときになってやっと、竜胆の斜めうしろにいた伽羅に目をやった。

『地上の種族だな。ええっと、その大きさは猪——？』

『伽羅は狼族です』

竜胆の目を見るだけで、檜扇をとても信用していることがわかった。

『伽羅、檜扇は旧《ふる》い友人だ。レゾナンスハンマーの調律師で、月水晶採掘者のあいだでは伝説的な人物だ』

レゾナンスハンマー？　伽羅は月語の会話をすべて聞き取れたと思っていたが、この言葉はわからなかった。檜扇は目を細めて伽羅を見つめた。教師に試験されているような気分になって、伽羅はいささかたじろいだ。

『伽羅と申します。狼族の兵士で、竜胆の〈花〉です』

檜扇はあっさりうなずいた。

『綺麗な月語を話すな。竜胆は大げさなんだ。俺はただのメカニックさ。竜胆が卵の殻《から》をかぶっていたころから知っているというだけでね。今でこそ大物の顔をしているが、若いころはいろいろあったものさ』

竜胆が口をはさんだ。

『檜扇、私がしでかした大失態を暴露しないでください。頼んだものは？』

『そっちで若い者が用意してる。その子は獣人だが〈花〉なら許可証は不要だな。竜胆、おまえのレゾナンスハンマーは？　もう長いこと預かっているが、簡単な調整で使えるはずだ』

許可証とは？　伽羅はさらりと口にされた言葉が気になったが、竜胆の注意は別の事柄に向いている。

『伽羅に山の様子を見せるだけです。モノリスまで行こうかと』

『山では何が起きるかわからんぞ。せっかく俺がいるときに来たんだ。すぐ調整するから来なさい』

『……まったく、あなたには逆らえないな』

竜胆は苦笑して言った。檜扇は周囲に目をやり、ピットのそばにいた竜人を呼ぶ。

『その子の準備を頼む。クローラの操縦も教えてやってくれ』

檜扇は乗り物の列に向かって顎を振ると、竜胆とふたりでガレージの奥へ行った。護衛の竜人たちと共に伽羅が案内されたのは、前輪にタイヤ、後輪に無限軌道を履いた二人乗りの乗用車である。故郷の自動車に似ているが、操縦席は透明な素材で作られた半球型のキャノピーに覆われていた。言われた通り脚絆《きゃはん》や膝当て、ベストなどをつけて操縦席に乗り込むと、竜人が操作方法を説明してくれた。

覚えることは案外少なく、故郷で自動車の運転を教わったときよりずっと簡単だったから、伽羅は苦労もなくガレージ前の広場を往復した。この乗り物は坑道の途中までなら自動操縦も可能で、伽羅も身につけている月の通信機——コミュニケーターを登録することで、無人のまま呼び出すこともできるという。

ガレージの前にクローラをつけたとき、ちょうど竜胆と檜扇が姿をあらわした。竜胆は背中に細長いケースをかけている。大きさは伽羅の腕より少し短くて細いくらい。これがレゾナンスハンマーだろうか？

『伽羅、うまいじゃないか』

クローラの外から竜胆が言った。自分のことのように得意げな表情である。檜扇がにやにやしているのに伽羅は気づいた。

『飲み込みが早いな。緊急事態が起きたとき、救援ビーコンを飛ばせるのもわかってるか？　坑道を抜けるとコミュニケーターが通じにくくなる』

扇は操縦席をのぞき込みながら言った。伽羅は透明なカバーに覆われた赤いボタンを指さした。

『はい。これです』

『万が一ということがあるからな』

『了解、オールドマスター』

檜扇は顔をしかめた。

『その呼び方はやめてくれ。恥ずかしいだろうが』

竜胆は声をあげて笑い、伽羅に席を替わるようジェスチャーした。護衛の竜人もひとりずつクローラに乗り込んでいる。

『少なくとも最初は私が運転しよう。あわてなくても時間は十分ある。行こうか』


三台のクローラがクレーターの縁を目ざして道路を行く。竜胆と伽羅の前後を護衛がはさむかたちで進みはじめてすぐ、伽羅はさっきから気になっていたことをたずねた。

「俺は本当なら許可が必要なんですか？　その、あなたの〈花〉でなかったら……」

とたんに竜胆の表情が曇った。伽羅は一瞬どきりとしたが、そのあとに続く声はおだやかだった。

「すまない。きみは月にいたのにずっと話す機会がなかった。たしかに月水晶について、我々月人は——天人も竜人も、きみたち地上の種族に知られたくないことがある」

「月から未加工の月水晶を地上に持ち込めないのは知っています。製品に組み込まれた月水晶は分解したら粉々になってしまうという話も聞きました。でも、桔梗さんが連れていってくれたパビリオンには月水晶の実物がありました。透明な結晶だけでなくて、色や等級が何種類もあると、説明……」

「問題にならない範囲のことしか書いてなかったはずだ。なぜ月水晶にそんな差異があらわれるのかは説明されていなかっただろう？」

道は上り坂になっていた。ずっと先でクレーターの断崖が落とす濃い影を、クローラのヘッドライトが白く切り裂く。伽羅は竜胆の言葉を待った。

「月水晶は本当は、鉱物ではないのだ」

「え？」

「月水晶と呼ばれるのは、月の大地に育つ結晶型生命体のむくろなのだ。月水晶になるのは十分に成長した結晶だけで、晶胞体《しょうほうたい》と呼ばれる、表面が種結晶で覆われたものだ。結晶を切り出すには採掘者の触羽器官と同調させた道具が必要だ。すべての月人は――触羽が退化した月人も、かつて触羽があった場所に触羽器官を持っていて、ここで結晶生命体の波動を感知できる。同調したレゾナンスハンマーを使い結晶生命体を共鳴させることで、構造を破壊せずに切り離すのだ」

伽羅はシートの横に置かれた黒いケースを見た。

「檜扇さんが持っていけと言ったものですね」

「ああ。正しく調整されていない道具を使うと、採掘者が結晶化する大事故が起きてしまう。レゾナンスハンマーで晶胞体を叩くと種結晶《しゅけっしょう》が飛散する。飛散した種はしばらくのあいだ光を放つが、この状態を明核《めいかく》と呼ぶ。光っているあいだに適切な場所へ落ちた種結晶からは、結晶芽《けっしょうが》が伸びてふたたび成長をはじめる。我々が月水晶と呼ぶのは、晶胞体が明核を飛ばしているあいだにレゾナンスハンマーで共鳴させながら切り出したものだけだ。月水晶の色や等級は切り出す際の共鳴で大きく変わる。それに失敗することもある。粉々に割れてしまえばなんの価値もなくなる」

伽羅は新しい知識を必死で咀嚼《そしゃく》していた。竜胆は数呼吸置くと、また話を続けた。

「ハンマーで叩き、飛び散って光る種結晶――明核は時間が経つと光を失い、陰核《いんかく》と呼ばれる状態になる。こうなるとさらに細かく分解して、月人が暮らすあらゆる場所、ドームやシールド、地下を漂い、さらに我々の体内にも入る。我々は幼いころから結晶生命体の陰核と共に生きている。そしてこれが――我々が地上に二七三日を超えて留まれない理由なのだ」

ハッとして、伽羅は竜胆の横顔を見た。

「いったいどういうことですか？」

「陰核は月人の体――細胞に入り込み、その中に留まるが、地上に下りると急速に減少する。そして二七三日を超えたとたん、最後に残った陰核は突然増殖をはじめ、我々の体を乗っ取って……月水晶に似て非なるものに変えるのだ。だがもし、その前に地上の種族とつがいになれば……つがいが生きているあいだは陰核がいくら減っても、なぜか結晶化が起きない。陰核は地上の種族には感染しない。我々は長年この謎を研究しているが、いまだにメカニズムがわからない」

「パビリオンで見た月水晶の説明には、謎の解明のために天人と協力しなければ――とありましたが」

「そうだな。月水晶の研究は天人の方が進んでいる」

「なぜ？」

竜胆は伽羅の視線を避けるように顔をそむけた。

「天人は謎の解明のために地上の種族を犠牲にすることもいとわないからだ。彼らは政治体制や考え方が我々とは違う。我々は、たとえ月人でなくとも、言葉を話す存在であれば対等な存在だと考える。だが天人は……」

竜胆は言葉を切ったが、言わんとすることは伽羅にはもうわかっていた。月白が伽羅に語ったことを思い出せば十分だった。

「いや、我々も天人の何もかもを否定できるわけではないのだ。我々は似た文化や同じ習慣を持っている。月水晶をめぐる名誉はどんな月人にも重要なものだ。それに私のように触羽を持つ者は、天人も竜人も、成人する前に自分で新しい鉱脈を見つけ、月水晶を切り出して持ち帰るという儀式のような風習がある。このときにレゾナンスハンマーを使いこなせず、割れた結晶を持ち帰るのは恥辱のきわみになる。政治や法が違っても、鉱脈の採掘権争いの醜さは天人も竜人も変わりがないし、竜人の中には天人の考え方をよしとする者もいる」

竜胆は月白という名をひとことも口にしなかった。それなのに伽羅は衝動的にたずねた。

「竜胆、月白は月鉱山で何をしたんですか？　前に俺に……話してくれましたよね。月白を告発したって」

竜胆の頬がこわばった。

「月白はかつて……鉱脈の採掘権を得るために私の友のレゾナンスハンマーに細工をしたのだ。命に別状はなかったが、友人は結晶化による障害を負った。私は証拠を集めるために月白と同じ探索隊に入り——どういうめぐり合わせか、月白とふたりで移住者の宙船を発見することになった。しかしその後、私が証拠を元に月白を告発すると、彼は宙船発見の名誉を取り消された。取り消したのは天人政府で、これに関して私は何も知らない。だが私の告発がなければ、月白は今ごろ天人政府の中枢にいたかもしれない」

伽羅は息を呑んだ。

「でもそれは……自業自得でしょう」

竜胆はかすかに唇を歪めた。

「ああ、その通りだ。だがこの事件は今も尾を引いている。すまない、不愉快な話をしてしまった。こんなことを聞いては……月鉱山も月水晶も、嫌になったのではないか?」

「まさか!」

伽羅は思わず大きな声を出したが、もちろん本心だった。竜胆の唇がほっとしたようにゆるむのが見えた。

「それなら……よかった。さて、このまま坑道に入るぞ」

クレーターの縁はすぐそこだった。断崖の上方は白い光でまばゆく輝いているが、三台のクローラの行く手にあるのは真っ黒なトンネルだ。前を行く乗り物のテールランプが生き物の目のように赤く光った。

第21章　地上の月、緑の月

暗黒に包まれていたのはトンネルの中ほどまでだった。

道はだんだん細くなり、やがて乗り物が一台通るだけで精いっぱいの幅になったが、真上や斜めからいく筋もの光が射し込んでくる。

「月の岩は穴だらけだ。月人がシールドを張る前、月には無数の隕石が降りそそいでいた。このあたりはその痕跡が残っている」

竜胆がそう言ったとたん、前を行く護衛のクローラが視界から消えた。伽羅は目をまたたいたが、竜胆は落ち着いて操縦桿を握っている。すぐに前方の視界が開け、急な下り坂があらわれた。クローラの無限軌道は路面をしっかりつかみ、凸凹の道を下っていく。前方にまるい広場が見えた。

『ジャンクションからはモノリスに向かう』

竜胆が護衛のクローラへ、コミュニケーターで指示を出した。

「モノリス?」

初めて聞く言葉をくりかえした伽羅に、竜胆はすぐ答えてくれた。

「移住者の宙船を発見したとき目印になった石柱だ。今は記念碑になっている」

「宙船の遺跡は閉鎖されているって聞きました」

「ああ、そうだ。さらに奥は鉱山都市の管理区域で、立ち入りも月水晶の採掘も禁じられているが、手前のモノリスは自由に見てかまわない。採掘者も来ないから、山の景色を眺めるにはちょうどいい」

竜胆が話すあいだにもクローラは進み、放射状に道が分かれる広場に差しかかった。三台のクローラは伽羅が標識の文字を読み取る前に分かれ道へ進み、ごつごつした岩のあいだを走っていく。透明なキャノピーの向こうで光が煌めき、伽羅は思わず首をめぐらせた。

「月水晶!?」

黒い岩の表面に指先ほどの大きさの結晶がくっついていたのだ。一瞬で通り過ぎてしまったが、すぐにまた、同じような結晶に覆われた岩があらわれた。

「ああ、そうだ。このルート沿いの鉱脈は竜人王家に採掘権がある。このあたりはまだ幼体だな。モノリスの近くならもっと成長した結晶があるだろう」

竜胆はこともなげに言い、伽羅は明かされたばかりの月水晶の秘密を思い返した。しかし結晶それ自体が生き物だと言われても、なかなか実感できるものではない。

伽羅はキャノピーに顔をくっつけるようにして、宝石のような輝きが通り過ぎていくのを見つめていた。透明なシールドごしに見える暗黒の空の下で、奇怪な形の岩は濃い影を大地へ投げかけている。白と黒のコントラストに視界がちかちかとまたたき、頭がくらくらしてきた。

いつの間にかクローラが停まっているのに気づいて、ハッと我に返った。三台のクローラがいるのはさっきよりも小さな広場だった。竜胆のあとについて降りると、地面には定規でひいたような黒くまっすぐな影が落ちている。影の先には純白の石柱があった。ねじれてごつごつした黒い岩のあいだでまぶしく煌めいている。

「モノリスだ。以前は地表の下、宙船から少し離れた岩のあいだに埋もれていた。表面が土を跳ね返すから、結晶が芽を出さない。移住者がどんな用途で作ったのかわからないまま、記念碑としてここに置かれている」

岩山のあちこちで結晶が輝いている。クローラの中から見たものよりずっと大きく、中には伽羅の二の腕ほどの長さを持つものもあった。

護衛の竜人ふたりもクローラから降りて、周囲を珍しそうに見まわしていた。月人であってもここに来ることはあまりないのかもしれなかった。竜胆は慣れた様子でモノリスをぐるりと回り、伽羅の隣へ戻ってきた。

「もっと上から見たくないか？」

「登るんですか？」

伽羅は周囲の岩山を見まわしたが、竜胆は目を煌めかせて首を横に振る。

「いや。飛ぼう」

「え？」

ぱさりと竜胆の背中に漆黒の翼が広がった。抱き上げられて伽羅は焦り、反射的に腕を竜胆の首に巻きつける。モノリスのそばに護衛を待たせ、竜胆は伽羅を抱いたまま無造作に羽ばたいて宙に浮いた。二、三呼吸するあいだに伽羅はモノリスを上から見下ろしていた。

宙に浮いた足先からぞくりと震えがのぼってきたが、自分を支えている竜胆の腕を意識したとたん、波が引くように不安は消えた。伽羅は竜胆の首につかまったままそっと顔をめぐらせて、足元に広が

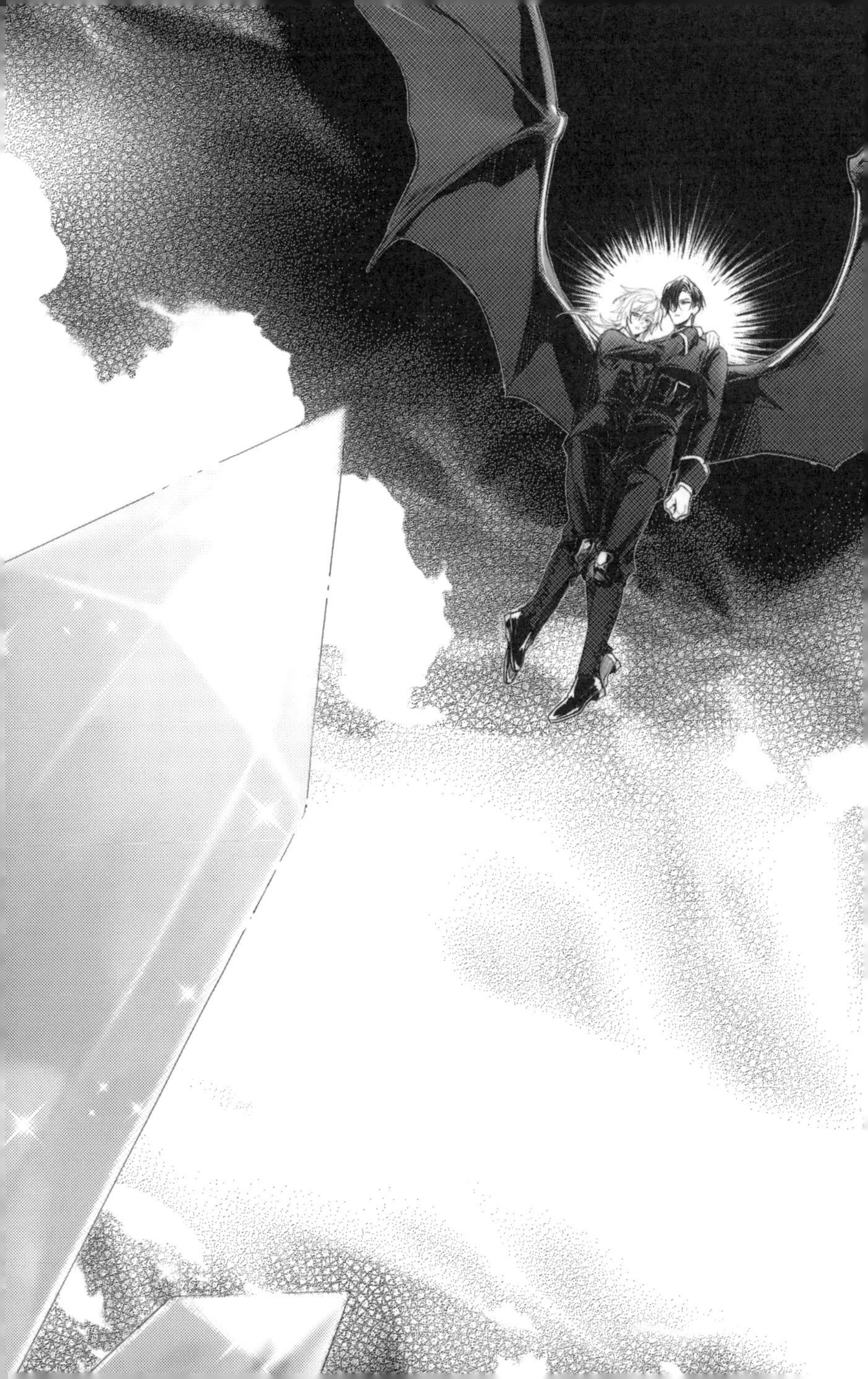

る月の地表に目を奪われた。

――光と影で塗り分けられた色のない世界のなか、結晶が輝いている。

「ああ……」

思わず声が漏れた。荘厳で途方もなく美しい――胸の奥が詰まって悲しくなるような美しさだ。でもなぜか、ひどく――さびしい。

こんなにも美しいのに、どうしてさびしいと思うのだろう。もしたったひとりでこの景色を見ていたら、伽羅を抱いている腕のぬくもりがなかったら、あまりの寂寥感に叫び出していたかもしれない。

伽羅はそっと竜胆の肩口に顔を寄せた。竜人は大きな弧を描きながら石柱の真上に達すると、軽い足音と共に着地した。モノリスのてっぺんは伽羅が思ったより広かった。磨かれたような表面には傷ひとつない。

「ここが月水晶の生まれるところだ」

竜胆が低い声でささやいた。伽羅は黙っていた。何を言っても嘘になってしまう気がして、言葉が出てこなかった。

突然故郷の湖を思い出した。岸辺で緑の葦《あし》が揺れ、水面《みなも》は青空と白い雲を映している。夜になるとおなじ水面が白い月を映し、さざ波が銀色に煌めいて、月は溺れるように銀の波の中で揺れる。

自分は今まさに、あの月にいるのだ。

「伽羅？　大丈夫か？」

「ええ。いえ……なんでも……」

顔を上げたとたん、竜胆の指が頬をなぞった。伽羅は自分が泣いているのに気がついた。

「え――俺は、なぜ……」

「振り向いて」

耳元でささやかれ、言われるままに首をめぐらせたときだ。

黒い空の中に、緑と青に彩《いろど》られた球体が浮かんでいた。

水と森の色だった。土の茶色と雲の白もある。

緑の月。

「きみの故郷だ、伽羅」

竜胆が低い声で言った。

「鉱脈を探してひとりで山をさまよっているとき、緑の月を見るとほっとするのだ。そして考える。自分はここにひとりきりだが、あの地には生き物がいて、言葉を交わせる存在がいると――そう思うだけでなぜか力づけられた」

「だから地上に行った？」

竜胆は答える代わりに伽羅の肩をそっと抱いた。

そういえば月に来る前、竜胆は時々伽羅に地上の美しさについて話をしていた。あのときはわからなかったことが今の伽羅にはわかる。伽羅の故郷にはたしかに月にないものがある。

「伽羅、宙船の遺跡はこの方向だ」

竜胆はねじれた木のように岩が重なるあたりに右手をのばした。

「この先は保全のため封鎖されて――」

声が途切れた。伽羅は竜胆の指す方向を見ていた。たった今、岩影のあいだを白い光が矢のように走らなかったか？


「竜胆、あそこに何か」

声をかけると同時に、また光が動いた。竜胆も険しい表情になっている。

「結晶はあんなふうに光らない。キャノピーの反射か？　侵入者？」

竜胆は胸元からコミュニケーターを取り出した。モノリスの下で待つ護衛ふたりに指示を出す。

『聞こえるか？　遺跡の方角で不審な動きがある。念のため奥を確認する』

「檜扇に直接通報できるといいのだが。ここは通信状態が悪い。まさか違法採掘ではないだろうが」

「違法採掘？」

「遺跡の周辺は保全区域で、成長した結晶もそのままなのだ。伽羅、降りるぞ」

モノリスのそばに降り立ったとき、護衛たちのクローラはすでに動き出していた。竜胆と伽羅もすぐにあとを追った。モノリスの向こう側は穴だらけの巨岩が不ぞろいの隊列のように並び立ち、道はそのあいだを曲がりくねりながら続いている。見通しは悪く、モノリスの下にいてもさっきの光は見えなかったに違いない。

『異常はあるか？』

上り下りが続く中、竜胆が前を行く二台に呼びかけている。

『いいえ、今のところ──』

そのときだった。急カーブを曲がる寸前だ。竜胆のコミュニケーターがバリバリッと大きな音を立て、黄色い光が伽羅の目を射た。

『何があった！』

竜胆が叫び、操縦桿を思い切り引いた。クローラの一台が横倒しで道をふさぎ、その向こうでもう一台が煙を上げている。寸前で衝突は回避したが、タタタタ、という銃撃音と共にクローラのキャノピーにヒビが入った。

まさか。ここは月だ。戦場ではないのに、なぜ？

伽羅は反射的に頭を下げ、体を低く保とうとしたが、危機を察した狼の本能が勝手に動き出す。獣の耳が立ち上がって聴覚がするどくなり、どこかの岩影にひそむ何者かの呼吸がはっきり聞こえた。

「竜胆、敵です！」

竜胆はクローラをバックさせたが、銃声はやまない。キャノピーが割れ、伽羅のすぐ横のドアがはずれて落ちた。

「降りるんだ！」

竜胆が叫び、左右のドアが開いた。伽羅は体を低くしたまま道へ転がるように降り、最も近い岩の下にすべり込んだ。

クローラはバックで道をそのまま進み、路肩に激突して煙を吐いた。伽羅は岩陰にへばりつくようにして息を整えた。

竜胆はどこにいる？　獣に変化したのは耳だけだが、伽羅の知覚はとっくに狼のそれに変わっている。それなのにキャノピーの中に人影は見えず、竜胆の気配も感じない。

先にやられた護衛のクローラの方からこっちへやってくるのは別の匂いだ。三人はいる——嗅覚はそう教えるのに、必死で目を凝らしても何も見えない。

焦りを覚えたとき、陽炎《かげろう》のように空気が揺れた。何もない空中に白い手がいくつも浮かんだかと思うと、紙を破るように風景が引き裂かれる。

伽羅が知覚したことは誤りではなかった。最初に見えたのは畳まれた白い翼が三対、続いて白い顔が三つ。それは一瞬何もない空中に浮いているように思えたが、白い手が空気をかいたとたん首と上半身があらわれた。天人が三人。体が透けて見える奇妙なカモフラージュを身にまとっているのだ。

月人の技術に驚きながら伽羅はさらに岩陰からのぞき込み、声をあげそうになるのをこらえた。いちばん向こうにいるのは月白だ。繊細な美貌は見間違えようもなかった。続けて聞こえた声も記憶のままだ。

『クローラが三台か。そこにいるふたりは息があるか？』

月白の冷静な口調は伽羅をぞっとさせたが、狼の聴覚は骨を砕く鈍い音とかすかなうめき声を聞き逃さなかった。

『尋問はできそうです』

『ラボへ連れていけ。身元を調べる。もう一台はどうなってる？　死体は？』

『何も。空です』

『いそいで探し出すぞ。ラボを竜人軍に気づかれるわけにはいかない。ステルスシールドを解除する。クローラを隠せ』

では竜胆はどこかに隠れているのだ。伽羅は胸を撫で下ろしたが、直後目の前で起きたことには唖《あ》然《ぜん》とするしかなかった。

月白が奇怪なカモフラージュマントをひるがえして腰のベルトに触ったとたん、風景がゆっくり変わりはじめたのだ。たった今まで岩山に見えていたところが扇形に開き、小さな窪地――いや、クレーターがあらわれたのである。クレーターの中央にはまるいドームが建っていた。

伽羅は何度も目をまたたいた。これは天人たちがまとっているカモフラージュとおなじ仕組みか。しかし、クレーター全体を覆い隠すようなカモフラージュとは？　彼らはここで何をしているのだろう？

驚いている伽羅に気づかないまま、三人の天人は素早く動きだす。月白以外のふたりが護衛の竜人を引きずりながらカモフラージュをくぐり抜けようとしたとき、伽羅の頭上で羽ばたきが聞こえた。

「待て！」

竜胆だ！　黒い翼を広げて、傷ついた竜人を引きずっていく天人に襲いかかろうとしている。

竜胆の翼の根元、肩のあたりから黒い触羽がのびた。天人のカモフラージュマントの上に鞭のように巻きつき、びりりと引き裂く。全身をあらわにされた天人のひとりが竜胆に銃口を向けたが、黒い翼はものともせず、銃弾が発射される前に翼で天人を打倒した。しかしそれと同時に純白の翼が宙に舞い上がった。

月白の背中から、白く細い触羽が何本ものび、蜘蛛《くも》の巣のように大きく広がる。竜胆は素早く羽ばたいて、空中で月白と向かい合った。

『信じられない、驚くじゃないか、竜胆。まさか僕を追ってきたのか？』

そう言った月白はさっきのように冷静ではなかった。本当に驚いているのだ。対する竜胆の声も、なかば吠え猛るようだった。

『ここで何をしている、月白』

『何？　我々の研究所さ、きみたち竜人より先んじるため秘密裡に作られた。ここでは完全なる秘密が保たれなければならない。だから僕のように失敗した者が送り込まれる……』

月白の触羽が黒い翼の先端をかすめた。

『それはともかく、きみこそなぜこんなところにいる？　大事な狼と仲良く地上へ向かったんじゃないのか？』

竜胆は触羽を鞭のようにしならせて弾き返した。

『御託《ごたく》はいい。月白、部下を返してもらうぞ』

『ごめんだね。僕を退けられると思っているのか？　きみたち竜人は触羽の使い方をろくに知らない』

そう月白が言い放ったとたん、またも銃声が響いた。天人が放った銃弾は竜胆の片羽根をつらぬき、空中で斜めに傾ぐ。間髪容れずに月白の触羽が竜胆の足をとらえ、地面にぐいっと引きずり下ろした。

たまらず伽羅は岩陰から転がり出た。竜胆に向かって駆け出したが、月白が空から舞い降りてくる方が早かった。伽羅は空を振り仰いだ。間違いだった。天人の美しい顔を見たとたん、恐怖が伽羅の足をすくませ、その場に凍りつかせたからだ。

それがほんの一瞬でも月白には十分だった。

『やっぱりいたね、狼』

白い触羽が伽羅の胸に巻きつく。軍服がびりびりと裂けた。変身しようとしたのにうまくいかず、伽羅は仰向けに地べたに転がったが、抵抗をやめる気はなかった。両足をばたつかせ、下半身に絡みつく触羽を振り払おうとしたとき、月白が伽羅を真上からのぞき込んだ。

『おや？』

またも伽羅は美貌の天人から驚きを感じ取った。

『まさか、まだ……』

「伽羅！」

叫び声と同時に竜胆の黒い触羽が月白の首筋を殴りつけた。拘束がゆるんだ瞬間、伽羅はうつぶせに転がりながら変身した。狼の四肢で月の地面を踏み切って跳躍し、咆哮をあげながら前方にいた天人に飛びかかる。口に触れたものに噛みつき、視界に白っぽい膜がかかってもかまわずに、そのまま大地に着地した。

大粒の雨のように銃声が降ってきたが、弾は伽羅に当たらない。そのまま無我夢中で道ぞいに走り、振り向いたが、伽羅を狙っていたはずの天人はきょろきょろと周囲を見まわしている。ようやく伽羅は自分が口に咥《くわ》えているものに気づいた。天人のカモフラージュマントが狼の胴体にすっぽり巻きついているのだ。

今、自分の姿は天人に見えない。伽羅は道を駆け戻った。竜胆を助けなければ。

ところが月白の部下は、伽羅の姿が見えないとわかると今度は銃弾をやみくもに放ちはじめた。伽羅は本能的にあとずさりした。網のように広がった月白の触羽が竜胆に覆いかぶさっているというのに、近づくことができない。見る間に白い触羽が竜胆の口をふさぐ。狼の耳には、首枷がカチリと閉じる小さな音もはっきり響いた。

『竜胆、きみにこれをはめる日が来るとは思わなかったよ。獣みたいにね』

月白の声は冷酷なくせに、妙に優しい響きもおびていた。伽羅の首筋の毛がぞっと逆立つ。

『そのふたりはきみの部下か。それならいつ殺そうがおなじだが、どうせなら狼を捕まえてからにしよう。竜胆、きみのおかげで、僕はわが政府の中でも指折りの汚れ仕事を引き受けることになってしまった。それでも仕事は仕事だし、ラボの存在を知った者は生きて返せない。ああ、そのレゾナンスハンマーは記念にもらっておこう。ラボには今のきみにちょうどいい檻がある……』

竜胆に檻はふさわしくない。絶対に。

しかし、月白の触羽にどう対抗すればいいのだろう?

伽羅はそっとあとずさり、道の脇に立つねじれた岩に登りはじめた。銃弾が届かない高さまで登ると、できるだけ高く空中に身を躍らせ、次の岩へ跳んだ。もう一度、そしてもう一度、今度は天人の研究所を見下ろす位置まで。

といっても、見えるのはごく一部だけだった。小さなクレーターを覆うカモフラージュ——いや、月白はステルスシールドと呼んだが、その一部が扇形に開いているだけで、それ以外は周囲の風景に溶け込んでいる。

月面のまぶしい光と濃い影は伽羅の方向感覚や距離感覚をあやふやにしていた。月白がここを閉じればすぐ見失ってしまうに違いない。先手を取って忍び込むなら、今しかなかった。

第22章　天人の闇

伽羅の姿を隠したカモフラージュマントは、天人の追跡を避けるためだけでなく、秘密の研究所に侵入するときにも大いに役に立った。

最初は間に合わなかった——月白が首枷で拘束した竜胆を正面の扉から押し込んだとき、一緒に中にすべり込もうとしたのに、鼻先で扉が閉まったのだ。伽羅は失意でだらりと尾を垂らしながら建物の裏手に回った。すると小さな扉が開いて天人がふたりあらわれた。

どちらも獣族の整備工が着るようなつなぎ服で、月白や銃を持った部下とはまるで雰囲気が違う、ごく普通の作業員のようだ。立て続けに交わされた早口の月語は標準の発音ではなく、まったく意味がわからなかったが、伽羅は素早く走り寄り、ふたりの足のあいだをすり抜けて中に入った。

扉が閉まる寸前に振り返ると、天人たちはすぐそこに止められた牽引車に乗り込んでいる。クローラの処理に向かうに違いない。牽引車の隣には銀色の箱型をした車が停まっていた。モノリスの上から見えたものの正体はこれだろうか。

『おい、ちゃんと閉まってないぞ』

すぐ近くで今度は意味のわかる月語が聞こえ、伽羅はびくっとした。制服を着た天人が扉の方を見て顔をしかめている。

『まったく、管理者が変わったばかりだってのに……』

ぶつぶつ言いながら通路をやってくると、右手首を扉中央のくぼみに押しつけた。ピッと短い音が鳴る。伽羅は頭を下げ、息をひそめてじっとしていた。姿が見えなくても息づかいで勘づかれたらおしまいだ。この天人は守衛なのだろうか。きびすを返して扉から離れ、そのまま通路を戻っていく。伽羅は白い翼のすぐあとを追いかけた。通路の先の透明な障壁まで来ると、天人は右手首にはめた輪をさすって、今度は壁の横のくぼみに押しつけた。この輪が鍵になっているのかと伽羅は見当をつけたが、壁が音もなく左右に割れた瞬間、驚きのあまり中に入りそこねるところだった。地上の種族の匂いがしたからだ。それもひとりやふたりではない。鳥の匂いも獣の匂いもする。

あわてて駆け込んだので、先を行く天人の翼にあやうく触れてしまうところだった。『異常なし』と天人が言い、階段を上った。この建物を見まわっているのだ。上り切ったところは格子戸で、その向こうから嫌な匂いが漂ってくる。

伽羅は一瞬ためらったが、耳は意思に反してぴんと立った。格子の奥から鳥族の鳴き声が聞こえたのだ。守衛のあとについて踏み込むと、たちまち悲嘆と絶望の匂いに飲み込まれた。

通路の左右に並んだ檻の中に地上の種族が閉じ込められている。

みんな人の姿のまま首枷をはめられていた。下着一枚で上半身は裸だ。ほとんどが鳥族だが、獣の匂いもする。白鳥族が多く目につく。

どこからか啜り泣きが聞こえてくる。膝をかかえてうずくまる鹿や、だるそうに檻に背中をくっつけている狐もいる。天人の守衛は慣れた様子で通路を曲がる。また檻の列だ。おぞましい光景に吐き気がこみ上げてくるが、守衛はすたすたと歩いていく。一度だけ途中で立ち止まったので、伽羅も足を止めた。

白鳥族の青年が檻の中央であぐらをかき、背筋を伸ばして座っている。両手を膝の上で組み、じっと目を閉じて、瞑想《めいそう》でもしているようだ。

天人の守衛はしばらく腕を組んで白鳥族を眺めてから、檻の戸の上にあるくぼみに手首をあてた。カチッと音がして扉が開いた。

いったい何をするのか？　伽羅は息を殺して見守っていた。守衛は檻の中に右腕をのばすと、白鳥族の青年の端整な顔の横に垂れた髪を手のひらですくった。そのまま顎から耳を指でたどり、首筋を撫で下ろす。

だが、白鳥族の青年は彫像のように動かない。目は閉じたままで表情も変わらず、組んだ手も足もそのままだ。

守衛の手がさらに動き、青年の首枷に触れた。喉のあたりに小さなくぼみがある。守衛は迷っているかのように手首の輪を見つめたが、やがて鼻を鳴らして手を引くと、檻の戸を閉めた。

伽羅はそっと息を吐いた――と、ふいに白鳥族のまぶたが上がった。

「ん？」

天人が小さな声をあげる。だが、白鳥族の視線は素早く下へ動いた。伽羅に気づいているのだ。カモフラージュをなくしてしまったのか？　伽羅は周囲を見まわしたが、天人の守衛はあいかわらず伽羅を見ていない。檻の中の白鳥族にニヤリと感じの悪い笑顔を向けて、また歩きはじめた。

通路のつきあたりにはひときわ大きな檻があった。中を見たとたん、伽羅は声をあげるのを必死でこらえなくてはならなかった。雄の熊族が檻の格子を両手でつかみ、天人を睨んでいたのだ。裸の胸の中央で七つの痣が円を描いている。

竜人の〈花〉が月を訪れたあと、行方不明になる事件があった——桔梗に聞いた話を伽羅は思い出した。まさかこの熊族がそうなのか。桔梗と月の都市を歩いているとき、誰かに見られているような気がしたのも、まさかこの……。

ピッという音に伽羅は我に返った。天人の守衛は手首の鍵を扉に押し当て、この悲惨な区画を出ようとしている。あれを奪えば助けられるかもしれない。この天人は腰に棒をさしているが、銃は持っていない。

でも、今は竜胆を探さなければ。

うしろ髪を引かれる思いのまま、伽羅は守衛について格子の外に出た。その先の通路は片側が透明な障壁で、向こう側に鮮やかな緑が広がっている。

一目見て、温室だと思った。障壁の内部は吹き抜けになった広い空間で、黒と茶の土に樹木や草花が植えられている。池には蓮《はす》のまるい葉が浮かんでいた。

伽羅の足は自然に止まり、いつの間にか冷たい障壁に鼻を押しつけていた。天人の守衛も地上の草木が好きなのか、それともここでさぼるのが習慣なのか、わざとらしいほど歩調をゆるめてゆっくり歩いている。

植物の色やかたちは目に突き刺さりそうなほどまぶしく、懐かしかった。なぜここにこんな温室があるのか、という疑問は浮かばず、伽羅はぐるりと目を動かして知っている草木を探した。あそこにあるのは狼族の温室とおなじ薬草では——。

そのとき、緑の向こうに竜胆が見えた。

伽羅は透明な障壁に沿って駆けたが、ぐるりと回って飛び出したところは行き止まりの通路だった。いや、正確には行き止まりではない。温室の二階部分を背にして、バルコニーのように突き出した通路だ。伽羅は通路の手すりに前肢をかけ、首を精いっぱい伸ばした。真下に三面を機械に囲まれた空間が見えた。

奥の方から竜胆の匂いがした。

伽羅はさらに身を乗り出し、求める人を見つけた。竜胆だ。月白と向かい合って座っている。

『月白、おまえたちはここで何をしている。天人政府がおまえをここに隠したのか』

竜胆が平静な口調で言った。首枷がなければ、それに両手両足が鎖につながれていなければ、捕らわれているとわからないくらい落ち着いた様子である。

『隠す？　そうだな……今の僕は存在しないことになっている施設の管理者だ。竜人政府が公式に引き渡しを求めても無駄というものさ』

事もなげに答えた月白も、世間話をしているような口調だった。

『彼らは僕を持て余しているのさ。ここ最近は地上の戦争に介入するために手を汚す仕事ばかりやってきた。しかし、失敗したといっても僕は触羽持ちの統治階級だからね。ていのいい厄介払いと言えばそうだ。僕はこれより上に行きようがない……とはいえ檻よりましだと思っていたら、きみが自分からやってくるとはね。僕らはずいぶん不思議な縁でつながっているらしい』

月白は微笑んだが、竜胆はそっけなくたずねた。

『おまえたちはここで何をしている？　そこにあるのは地上の樹木じゃないか』

『緑の箱だ』

月白は目線をちらりと温室に投げた。

『月人の宿命、陰核減少による結晶化の研究のために、地上を再現する実験装置だ。もちろん植物だけじゃない。この研究所には鳥や獣もいる』

『まさか、それは重罪――』

『ああ、公平を期すためにいえば月人も実験に使われている。と言っても、いつもいるわけじゃないが、とにかく僕らの政府は犯した罪をつぐなわせるためにこんな方法も使う』

『それは……天人政府が罪を犯したと決めたら、という意味じゃないのか』

『きみは遠慮なくものを言うな。さすが竜人だ』

月白はうっすらと微笑んだ。

『ところで竜胆、きみの狼だが――さすがの僕もちょっと呆れたよ』

とたんに竜胆の目が険しくなった。

『伽羅がどうした』

『胸のしるしが増えていないじゃないか。僕のところを逃げ出して、猶予があったのに、いったい何をしていたんだ？　まだ〈錨〉を……いや、きみたち流に〈花〉と呼んでもいいが、完成させていないなんて』

『それがどうした』

竜胆の声が低くなる。

『伽羅はおまえのような下劣な輩《やから》には捕まらない』

『そうかな？　僕はちょうど新しい実験を思いついたところだ。伽羅をここに連れてきて、きみを緑の箱に入れる。僕の前の管理者も月人で実験をしていて、結晶化が起きるのは確認済みだ。だが陰核がぎりぎりまで減った竜人で試した例はない。いい実験だと思わないか？』

伽羅は息を吞み、飛び上がりかけた――自分を隠しているカモフラージュマントをはねのける勢いで。だが竜胆は少しも動じなかった。

『月白、おまえが私をどう思っているかはよくわかっている。好きにすればいい。だが伽羅はおまえたちに捕まらない。我々の思う通りになるものじゃない』

『竜胆……』

月白は目を見開き、次いで声を立てて笑った。

『どうしてそんなに地上の種族に肩入れするんだ？　緑の月は我々のため、我々に隷属するためにある。移住者の宙船はこのためにやってきたと、どうしてわからない？　結晶化が起きなければ我々はとうの昔に緑の月を支配していた』

竜胆の答えには迷いがなかった。

『そうならなくて私は嬉しい。月白、我々はこの星に閉じ込められた孤児だ。それでも我々は緑の月へ行き、彼らと話をする。許されれば――交じわることもできる。花のない世界は貧しい』

『花は散るもの、錨は上げるものさ』

月白は感情のこもらない声で歌うように言った。ふいに話題を変える。

『僕らはふたりで祖先の宙船を発見した。どちらが欠けても無理だった。覚えているか？』

『もちろん覚えている』

『あのとき僕はきみを友人だと勘違いしたのだ。きみは僕を騙していたのに』

竜胆は淡々と答えた。

『おまえが私の友を傷つけたからだ』

『その通りだが、僕がそうしなければならなかった理由を話そうか？』

竜胆は真正面から月白を見つめ、はっきりと言った。

『私は聞かない。天人の統治階級の中で……月鉱山をめぐっておまえがどんな立場だったとしても、罪のない者を傷つけたことに変わりはない』

月白は唇をかすかにゆるめて笑った。

『残念だ、竜胆。きみと僕はちっとも話が通じないようだね。こんな終わりになるとは思わなかったよ』

伽羅の位置からは見えないところでガチャリと耳障りな物音が響いた。月白の部下が入ってきたのだ。伽羅はあわてて手すりから前肢を引っこめた。竜胆と月白の話に聞き入るあまり、警戒がおろそかになっていた。

『クローラの回収が終了しました』

『狼は見つかったか？』

『まだです』

『カモフラージュはすべて回収したか？　この中に忍び込んだ可能性も考えろ』

『守衛が所内を巡回中ですが——』

天人の声を伽羅は最後まで聞かなかった。自分の姿を消すマントにくるまったまま、通路を逆向きに疾走していたのだ。月白の部下が報告を終えたとき、天人の守衛は通路に白い羽根をまき散らし、喉を押さえて転がっていた。

第23話　星の歌

狼の全力疾走にくらべると二本足で走るのは効率が悪い。しかし天人の守衛から奪った鍵は狼の前肢より人間の手で持ち運ぶ方がいい。伽羅は右手に輪を通し、左手で唇を拭う。

精いっぱいいそいでいるつもりだが、急に人の姿になったせいか、うまく走れている気がしない。それにもう隠れることもできない。守衛に襲いかかって格闘したとき、体に巻きつけていたカモフラージュは裂けてただの布切れになってしまった。今はせいぜい腰布にしかならない。

口の中で血の味がする。天人の血。苦いのに甘い、嫌な味だ。二度とこんなものを味わいたくない。仲間たちの檻はすぐそこだ。伽羅は来た通路を逆にたどる。手首の鍵は天人でなくても機能した。檻の戸も全部開くのではないか。

少なくともあの白鳥族の青年の檻は開くことがわかっている。それに天人の守衛はあきらかに白鳥族の首枷をはずそうかと迷っていた――はずして何をする気だったのかは考えたくない。

格子戸は難なく開いた。檻が並ぶ通路に伽羅が一歩入ったとたん、あたりが静かになった。閉じ込められた者たちの視線が集中する。伽羅は熊族の檻に手をのばした。大柄な男は檻の奥に立ち、伽羅の胸元を見つめている。痣を見ているのだ。伽羅は檻の戸に手首を押し当てる。

カチッと音がして檻が開くと、周囲が急に騒がしくなった。ざわめきと叫び声、それに足を踏み鳴らす音。あまりにもたくさんの声があり、何を言っているのかわからない。伽羅は熊族に向かって叫んだ。

「来てくれ。逃げよう」

「……どうやって」

熊族の男が言った。伽羅は手首の輪を見せながら自分の喉を指さした。

「変身して天人を倒すんだ」

「狼、おまえも〈花〉か？　輪がつながってないぞ」

「つがいの竜人がここで捕まって、首枷をはめられている。みんなを出して首枷をはずして、彼を助ける」

熊族が唸った。

「さっさとやれ、狼」

また静かになっていた。伽羅は熊族の首枷に輪を押し当て、くぼみを探した。ピンと弾くような音と共に枷がはずれたとたん、息をひそめていた者たちが叫んだ。伽羅は熊族が出てくるのを待たず、隣の檻を開けた。戸が開くのを待ちかまえていた鴉族の首枷をはずし、次の檻へ。

ひとつずつしか開けられないのがもどかしかったが、だんだんこつがつかめてきて速くなった。やがて解放された者たちがあふれて通路は混雑しはじめた。伽羅は鳥族にも痣を持つ者がいるのに気づいた。たいていはひとつかふたつだ。

「格子戸の鍵を開けるから、誰か閉じないように支えてくれ。この建物の出口はこっちだ。この鍵があればこの先の扉も開く」

まだ首枷がはずれていない者もいたが、伽羅はつかんだ輪を高く掲げて叫んだ。

「おまえのつがいはどこにいる？」

　熊族の男がたずねた。伽羅はもう一方の格子戸の方を顎でさした。

「俺はあっちから竜胆を助けに行く。いそがないと」

「俺もあとから行く。少し離れてろ」

　熊族の男はそう言ってうつむき、喉の奥から震えるような唸り声をあげはじめた。両肩、背中、腹、腿と、筋肉が猛烈な勢いで増大し、獣の剛毛に覆われていく。伽羅は飛び退ってその様子を見守った。あちこちで同じように変身がはじまっている。

　ついに、獣たちが通路へ飛び出した。巨大な熊は通路を突進すると鍵を叩き壊して扉をこじ開け、そのあとを鹿と狐が駆けていく。さらに鴉があとを追って飛び、屋内で変身すると動きづらい白鳥族や鷺族は人の姿のまま続々と逃げ出していった。

　伽羅はようやく最後の一人の首枷をはずした。あの端整な顔立ちの白鳥族の青年である。守衛に触られてもぴくりとも動かなかった彼は、檻の戸が開いたとたんまっすぐ伽羅を見つめて、自分は最後でいいと言ったのだ。

「ありがとう」

　端整な顔は若々しく思えたが、落ち着いた物腰と声の調子を聞くかぎり、思ったより年嵩のようだった。

「俺はつがいを助けに行きます」

「私も行くよ」

「俺も行くぞ」

背後から熊族の男が言った。さっき出ていったはずなのに、戻ってきたのか。

「おまえのつがいを助ける番だ。こっちの鍵は全部壊した。警報が聞こえるか？」

耳を澄ませるまでもなかった。警報はさっきから、あちこちで鳴りっ放しだ。

「天人どもは大あわてだ。全部ぶっ壊してやる」

熊族はまた人の姿に戻っている。一枚だけ身に着けていた下着は変身のときになくしたらしく、今は全裸だ。伽羅は目のやり場に困ったが、相手は平然としていた。

「狼、おまえの名は？　俺は木蘭《もくらん》だ」

「伽羅」

「白鳥はここじゃ飛べないだろう。俺の背中に乗れ。行くぞ」

「すまない。私はガーノスピネル」

白鳥族が言った。木蘭はふたたび熊の姿へ変わり、伽羅も狼に変身して首枷の鍵を咥えた。

熊族の木蘭が言った通りだった。首枷をはずされた地上の種族が群れをなして襲いかかったおかげで、ほんの短い時間のあいだに研究所全体が大混乱に陥っていた。外へ出た鳥たちは銃を持った天人に群がってつつきまわし、彼らに飛ぶ隙を与えなかった。
おまけに彼らは――主に鴉だが――窓を突き破って建物の中に戻ると、月白が「緑の箱」と呼んだ温室に嘴《くちばし》や体当たりで攻撃をしかけたのだ。

本気になった鴉の嘴に何ができるか、狼族はよく知っている。だから伽羅は竜胆のもとにたどり着くことだけに集中して、通路を駆けた。うしろをついてくるのは木蘭と、変身せずにその背にまたがっているガーノスピネル。

周囲にはあまりにもたくさんの匂いが入り交じっている。さっき竜胆と月白を見かけた、バルコニーのような通路へたどり着くと、伽羅は素早く人の姿に戻って支柱の梯子段を下った。両足が地面に着くと同時に狼に変化し、竜胆の匂いを嗅ごうとこころみて——耳がぴんと立った。

「伽羅」

竜胆、と叫んだ声は狼の遠吠えになった。

ウォーーォオオオオオーーーーーーン……

今は地上でも聞くことが少なくなった、つがいを呼ぶ狼の遠吠えに、他の音はかき消える。伽羅は転がり落ちた首枷の鍵をもう一度咥え、声が聞こえた方へ駆け出す。

竜胆はまだ鎖に縛られていた。四本脚から二本足へ、伽羅はなめらかに姿を変え、竜胆に抱きつくようにして首枷の鍵をはずした。

「ありがとう、伽羅」

「竜胆、この鎖——」

「心配ない」

竜胆の口元に笑みが浮かび、眸が明るい紫に輝いた。変身しようとしている。伽羅が見守る中、手足の皮膚が硬い鱗に覆われ、内側から増大をはじめる。

変身を禁じる首枷がなければ、竜人の両手両足を拘束しても無意味なのだ。限界までぴんと伸ばされた鎖は軽い音を立てて弾け飛んだ。竜胆は鎖の残骸を両手で払い、立ち上がった。

「月白は？」

伽羅はたずねた。

「逃げた。行き先の見当はつく。私は彼を追う。伽羅、クローラから救援ビーコンを発信するんだ」

「月白はどこに行ったんですか？」

わずかな間があった。

「おそらく宙船の遺跡にいる」

「俺も行きます」

伽羅はすかさず言ったが、竜胆は首を横に振った。

「いや、私ひとりでいい。それより救援を。檜扇と鉱山都市に状況を説明してくれ」

「私がやりましょう」

穏やかに割って入ったのは白鳥族のガーノスピネルだった。

「天人の宙船で働いていましたから、通信関係には強い。あなた方は離れない方がいい」

さりげなくつけ足された忠告に、竜胆の眉がほんのわずか寄った。詮索するように白鳥族を見つめる。

「きみは〈錨〉だったのか？」

〈錨〉——天人の？　まさか、彼の胸に痣はないと口に出しかけた伽羅をガーノスピネルの手がそっと制した。彼が竜胆の目を見てうなずくと、それですべてわかったかのように竜胆もうなずき返した。

外に出ると、建物の上を鳥が羽ばたいている。施設を隠していたシールドは鳥と獣の襲撃で壊れたに違いない。竜胆は乗り物に見向きもしなかった。背中に黒い翼が広がる。右の翼に亀裂があるのが見えたが、竜人はもう宙に浮かんでいた。

「竜胆、その羽根は大丈夫——」

「少々傾くが飛べる」

紫の眸がまばゆく輝き、竜胆は空を見つめて咆哮を放った。その体が人から竜へ変わっていくのを、伽羅は地面に立ったまま目の当たりにした。竜は紫の電光のように一度高く舞い上がり、くるりと回転して伽羅の前に降りた。長くのびた尾がしなって伽羅の腰に巻きつき、ひょいと背中に乗せる。

「行こう」

竜体になると高速で飛べる——以前竜胆が教えてくれた通り、遺跡への飛行はあっという間に、空気の衝撃に耐えて伽羅がぎゅっと目をつぶっているあいだに終わってしまった。気がつくと伽羅は竜の背につかまったまま、月水晶の煌めく巨大な洞窟の中を飛んでいた。

あたりはほのかに明るかった。輝く剣のように生えた結晶の表面から光る粒子がふわふわと浮き上がり、洞窟の中をぼんやり照らしている。光は竜の鱗や翼を慕うようにまとわりついたが、伽羅が触れようとしたとたん、草の実が弾けるように飛び散った。

「ここは遺跡の中心だ」

竜体になった竜胆の声は、伽羅の骨を伝って響いてくる。

「我々は宙船の中を飛んでいる」

これが船？　洞窟ではなくて？

伽羅は驚いて振り返った。洞窟の入口はもうずっと後方にある。月白は本当にここへ逃げたのだろうか。

しかし竜胆にはどこに行くべきかわかっているのだろう。竜人を信じる気持ちは伽羅の中で揺らぐことはない。

前方にぼうっと光る立方体が見えた。記念碑のモノリスに似ているが、結晶でびっしり覆われている。立方体の周囲は広場のようにまるく開けていた。竜はしなやかにそこへ着地し、伽羅が背から飛び降りるとぶるりと全身を震わせて、たちまち人の姿に戻った。

『来ると思っていたよ』

月白の声が響いた。


立方体の下部には結晶が階段のように折り重なっていた。月白はその中央に腰かけていた。

まるで玉座のようだと伽羅は思ったが、天人の背にある白い翼はだらしなく横に広がっている。美しい顔には投げやりな表情が浮かんでいた。膝の上で白い手が動いた。細長い影のようなものをもてあそんでいる。視線がゆっくりと竜胆から伽羅へ流れた。

『まったく、次から次へと忙しないことだ。狼を捕まえたときはきみにやられ、きみを捕まえれば狼にやられる』

『月白』

竜胆は段の下から月白を見上げていた。

『ここまでだ。私と来るんだ』

月白は鼻を鳴らした。

『竜人のもとへ？　笑えるね』

『裁きを受けろというだけじゃない。あの研究所についておまえの証言が必要だ。このまま逃げ出しても、おまえは天人政府に粛清されるだけだ。秘密を明かせば罪も軽く――』

『やめてくれ』

月白は竜胆の声をきっぱりとさえぎった。

『証言だって？　うんざりだ』

『月白――』

『おまえはもとより僕の罪を許すつもりはないだろう。そんな話をするならもうひとつ、おまえの知らないことを教えてやろうか。おまえのうしろにいる狼』

月白の腕が上がり、まっすぐ伽羅に向けて振った。手には銀のハンマーが握られている。伽羅はまばたきもせずにそれを見つめた。あれは竜胆のレゾナンスハンマーだ。

『その子を最初に抱いたとき、羽根のしるしがあっただろう。あれは僕がつけたのさ。その狼がもっと小さかったときにね……伽羅はそのころも可愛かったよ』

伽羅は根が生えたようにその場に立ち尽くした。

少年のころ、湖のほとりで月白にされたことは、いつか竜胆に話すつもりだった。だがそれは今ではなかった。月白の口から聞くことでもなかった。

竜胆は微動《びどう》だにしなかった。月白は小さく笑った。

『知らなかっただろう？　知っていたら証言なんてぬるい話はしない。僕をすぐにでも殺したはずだ』

そのとたん竜人の背に黒い翼が広がった。黒い触羽が鞭のようにしなりながら、月白へ一直線に飛んでいき、その首に巻きつく。

月白はうっすらと微笑んでいた。彼こそが自分の悪夢の主だ——伽羅はぼんやり考えた。だが、彼こそが伽羅に、月に対する憧れの種をまいたのだ。

その種は地上で芽吹き、豊かに育って、今は伽羅の中で美しい花を咲かせようとしている。

「竜胆」

伽羅はささやいた。地上の言葉で、竜人にだけ聞こえるように。

「月白を殺さないで」

「伽羅……」

「俺はここにいる。あなたの〈花〉です。月白は関係ない」

竜胆の肩から力が抜けた。首を絞めつけていた触羽が抜けて、月白は激しく咳き込み、顔を上げた。

天人はもう微笑んでいない。失望、幻滅、あきらめ、それに羨望《せんぼう》……それらが一瞬のうちに浮かんでは消え、最後は石のように動かなくなる。

『仕方ないな』

月白は膝のハンマーをつかんだ。何をするつもりだろう？

伽羅の心に浮かんだ疑問に答えるように、竜胆が叫んだ。

『やめろ、月白！　それはおまえのハンマーではない！』

『そうだな。これは――』

月白の腕がのびる。ハンマーを振り上げる。

『――きみのレゾナンスハンマーだ』

竜胆の翼が広がり、ふたたび黒い触羽が飛び出して月白に向かった。ところが月白の背からも白い触羽が伸びて、竜胆の触羽を弾き飛ばした。

月白の腕が弧を描く。銀のハンマーが、月白の座る結晶のかたまりに振り下ろされる。

リーン……

透き通った音が響いた。ひとつ、またひとつ。

音は音を呼び、重なり合い、洞窟の天井まで届いて跳ね返り、雪崩《なだれ》のように巨大で抵抗できない流れとなってそこにいる者に降りかかった。結晶の表面からまぶしいほどの光の粒子が舞い上がり、渦巻いて飛び散っては、星のような輝きを放つ。

鳴り響く音はいつまでもやまず、光の粒子は星の歌を奏でながら伽羅の周囲を乱れ飛んだが、やがてハンマーを握りしめたまま座っている月白に光の滝となって降りそそいだ。

伽羅は呆然とその様子を見つめていた。渦巻く光の粒子の中で、月白の手足が硬直し、透き通り、結晶に置き換わっていく。美しい顔が苦痛に歪み、唇が大きく開いたが、どんな叫び声も鳴り響く星の歌にかき消され、伽羅のもとには届かない。

美しくも恐ろしい光景に伽羅の体は勝手に震え出した。月白から目をそむけたいのに体が思うように動かない。

もしかしたら自分もこのまま星の歌に呑まれてしまうのだろうか――そう思ったとき、あたたかい腕が伽羅の体を包んだ。

「伽羅」

竜胆。

名前をささやかれたとたん、伽羅の体にはふたたび血が通いはじめた。竜胆のあたたかい腕が伽羅を抱きしめている。伽羅は竜人の胸に耳を押しつける。星の歌が遠ざかり、代わりに心臓の鼓動が聞こえた。

「帰ろう」

黒い翼が結晶の光をさえぎり、伽羅はやっと息をついた。竜胆は伽羅を抱いたまま宙に浮いた。月白のかたちをした結晶に最後の一瞥を投げると、翼をはためかせて高く舞い上がり、まっすぐに出口を目指した。

第24章　鍵と錠

ガーノスピネルが研究所の通信施設から各所へ通報してくれたおかげで、事態の収拾は速《すみ》やかだった。とはいえ、竜胆と伽羅が停泊中の宙船に無事乗れたかというと、もちろんそうはいかなかった。何しろ鉱山地帯に秘密裡に建設された天人の研究所から、閉じ込められて実験体にされていた地上の種族が多数救出されたのだ。その中には行方不明の届け出があった〈花〉もいたし、月にいい働き口があると騙されて連れてこられた者もいた。救出された種族の三分の二が、天人と同盟関係にある鳥族だったのは、月と地上の政治を当面揺るがすことになるだろう。

竜胆は片方の翼を負傷し、伽羅は月白について竜人政府から証言を求められたので、出発は当然のように延期されることになった。ふたりは鉱山都市に足止めとなったが、桔梗が買い込んだ土産物だけは先に地上へ送られてしまった。

竜人の翼は裂けてもほぼ問題なく再生するという。それでもしばらく安静治療が必要だと宣告されたので、竜胆は大いに憤慨《ふんがい》していた。しかし伽羅は心からほっとしたのである。宙船の遺跡から伽羅を抱いて戻る途中、竜胆はあやうく墜落するところだったのだ。

彼の翼が治るまで伽羅は檜扇の家に滞在することになり、事情聴取に応じるかたわら毎日竜胆の病室に通った。

竜胆のもとにも政府や軍の関係者がやってきたが、見舞客はあまり来なかった。竜人のあいだでは、翼を再生しているあいだ安静にすべしというのは常識らしい。その代わりコミュニケーターは四六時中鳴り続け、しまいに竜胆はコミュニケーターを見るとうんざりした顔をするようになった。

おなじ病院には研究所から救出された地上の種族も入院し、検査や治療を受けていた。おかげで伽羅は毎日話し相手に事欠かなかった。鳥族、中でも鴉族とわだかまりなく話ができるようになったことに、伽羅は自分でも驚いた。白鳥族のガーノスピネルと熊族の木蘭とは友人になり、親しく話をするようになった。

「あっ、竜胆。寝てないとだめじゃないですか」

頼まれた本を小脇にかかえて病室に入ると、竜胆はベッドのまわりをうろうろと歩きまわり、いたずらが見つかった子供のような目で伽羅を見る。

「檜扇に本を頼んだでしょう。持ってきましたよ」

竜胆はしぶしぶといった調子で横になった。

「……さすがに飽きた。寝てばかりだと体がなまる」

ぼそっとつぶやくのを聞いて伽羅は吹き出した。

「これで翼が再生するんですから、しっかり寝てください。何か読んであげましょうか？」

「それも悪くないが……」

竜胆は枕の上に頭を乗せ、目を細めて思案する。

「伽羅が私の横で寝るのはどうだ」

「竜胆っ！」

「わかってる。寝るだけだ。私は安静にしている。伽羅がここで寝るだけ」

横になったまま竜胆はベッドをぽん、と叩いた。伽羅は思い切り顔をしかめた。

「だめです。俺が……我慢できなくなる」

「……そうか？　それはいいことを聞いた」

「竜胆、変なこと考えてませんよね？」

「伽羅」

竜胆の手がひらひらと伽羅を呼ぶ。

「寝なくていいから、ここに座って。話をしたい」

伽羅はほうっと息をついてベッドに座った。竜胆は軽い気持ちで言っているのかもしれないが、伽羅の胸はそのたびにどきどきして、体がかっと熱くなるというのに。

伽羅が竜胆の〈花〉だと知った医師からは「安静」の意味を具体的に聞かされている。セックスは――たとえ挿入しなくても――安静からはほど遠いのだ。さもなければ伽羅の方から、早く抱いてくれと――七つ目の痣をつけてくれと懇願していたかもしれない。

ベッドに置いた伽羅の右手に竜胆の左手がそっと重なる。愛撫するように指の節をなぞられると、抑えつけている欲望がかき立てられて、そわそわと体を揺らしたくなる。愛する者に手を握られるだけで体のどこかが疼くなんて、これまで伽羅は想像したこともなかった。竜胆はそんな伽羅の葛藤を知っているのかどうか。伽羅の手の甲をそっと揉みながら、おだやかな声でたずねた。

「聞かせてくれ。きみの種族は大丈夫だろうか？　研究所にいた者たちは」

話とはこれか。伽羅はまた息をついた。竜胆は注意深い目つきで伽羅をじっと見ている。

「……わかりません」

そう答えるしかなかった。救出された地上の種族ひとりひとりにそれぞれ違う事情がある。熊族の木蘭は竜人のつがいが迎えに来た。だがガーノスピネルを〈錨〉にした天人は、彼が研究所に送られる前に天人政府に殺されたという。

「彼は私を研究所へ供出するよう命令されたんだ。それで私を逃がそうとして、反逆者として処刑された」

白鳥族の男は残酷な事実を淡々と教えてくれたが、伽羅は返す言葉が見つからなかった。竜人政府は支援を約束したが、傷が癒える日は来るのだろうか。

「俺はただ……みんなよくなってほしいと思うだけです。鳥も獣も」

今も、言えたのはたったこれだけだ。

竜胆は伽羅の手首をそっと握った。

「伽羅……月白の話をしても大丈夫だろうか？」

「どうして聞くんですか？」

「これ以上きみを傷つけたくない」

むしろ傷ついているのは竜胆のように見える、と伽羅は思ったが、ともかく首を縦に振った。

「俺は大丈夫です」

月白が自分にしたことについてはたしかにそう思えるのだった。それでも月白の最期を思うたびに心がかき乱されるのに変わりはなかった。

宙船の遺跡で、伽羅は竜胆が月白を殺すのを止めた。だが月白はもともとあそこで死ぬつもりだったのだ。竜胆のレゾナンスハンマーで。

「……あの人はほんとうに残酷な人だったと思います。でも俺にとってはもう……終わったことです」

またも伽羅に言えるのはこれだけだ。そしてこんなふうに言葉にすることで、月白を終わらせてしまおうとする自分もまた、残酷なのかもしれないと思う。

「伽羅」

竜人の手に力がこもった。

「きみが月に興味を持ち、言葉を学び、今私のそばにいるのはきみの意思の結果だ。月白は影を落としただけにすぎない」

「はい。わかってます」

答えながら、自分でも意識しないまま伽羅は片手で胸の中心を押さえていた。すると、ずっと胸の底でわだかまっていたもうひとつの問いが、ぽかりと浮き上がってきた。

「竜胆、ずっと聞きたいことがあったんです」

「なんだ?」

「どうして俺を選んだんですか?　羽根のしるしがあったから?」

「違う」

竜胆が手首を急に引いたので、伽羅はついにベッドに倒れ込んでしまった。竜胆は上に重なった伽羅の首に腕を回した。

「私がきみを選んだのは……他にはありえなかったからだ。私はあの日、鴉族と戦っているきみを空から見ていた。きみは勇敢で美しい狼だった。私の前に来たときは半分だけ人の姿で、たまらないほど……魅力的だった。私はひと目できみに魅了された」

「空から俺を見た？」

顔に竜胆の息を感じながら、伽羅は頬が熱くなるのを感じた。

「あの日は俺が初めてまともに戦った日です。そんな……」

竜胆はばつが悪そうにまばたきをした。

「私はきみに恋をしたんだ。きみが欲しかった。だから狼族に〈花〉として……きみを派遣してほしいと要請し、きみは私のもとへ来た」

伽羅は思わず笑った。

「俺はあなたに選ばれてよかった。何があっても……あなたに会えてよかった」

竜胆の手が静かに伽羅の背中をさする。

「私も幸運だった。きみが私の〈花〉になると決めてくれて」

竜胆の唇が優しく重なってきて、伽羅もそっと口づけを返す。軽く触れるだけのつもりだったのに、竜胆の腕は伽羅に絡みついたまま、なかなか離れようとしない。このまま不用意に長くなってしまうとあきらかにまずい。そう気づいて、伽羅は強引に竜胆の腕から逃れた。

「竜胆、もうだめです」

「伽羅、もう少し……」

「だめです！　言ったじゃないですか。我慢できなくなるって。俺だって早く――」

伽羅は顔を赤くしてそっぽを向いた。

「とにかく、だめなものはだめです！」

竜胆は残念そうに顔をしかめた。

「……わかった。私の翼の回復力を信じようじゃないか」


翼は完全に再生した、もう十分だ、と竜胆が宣言したのはそれから四日後の夜で、地上に帰るのをこれ以上延ばさない、と関係者に宣告したのは翌日の朝だった。鉱山都市の発着場には地上に向かう宙船が到着したばかりだった。昼前に伽羅が病室を訪れると、竜胆は夕刻に出発する船の切符をカードのように広げてみせた。

「もう待たなくていい」

その意味することを悟って、伽羅の顔はまた赤くなった。この竜人は、伽羅がそうなるとわかってやっているのだから、始末に負えない。

それから出発の時間までは、新しくできた友達――木蘭やガーノスピネル、檜扇や、この騒動で知り合った人々への別れの挨拶で時間が過ぎた。驚いたことに桔梗からもコミュニケーターで連絡が入った。入院中の竜胆に連絡を取っていたのは知っていたが、伽羅にはなんの音沙汰もなかったのだ。

『その、いろいろお世話になりました。服や、地上に送るものもたくさん買っていただいて……』

とまどいながらも伽羅は一応礼を言った。すると桔梗はたちまち得意のお喋りをはじめる。

『そうだ、あれはちゃんと役立ててくれ。なんと言っても私が見立てたのだからな！　伽羅君は素材がいいのだから、身なりや暮らしにもっと気をつかいなさい。緑の月に戻ったら我々竜人の生活との落差にがっかりするかもしれないが、大丈夫だ。いずれ緑の月も我々くらい——いや我々のようにはなれなくても、もっと進歩した暮らしを——』

きっとこの調子なら、竜胆との関係も元に戻ったのだろう。

「伽羅？　誰と話しているんだ？」

『あ、桔梗さん。竜胆が呼んでいるので、これで』

うんざりしかけたところで竜胆に声をかけられたので、伽羅はこれさいわいと話を切り上げてしまった。

伽羅にとって三度目の宙船は、前回よりやや小型の旅客船だった。竜胆はあたりまえのようにいちばんいい部屋を取ったと言う。客室の扉はみな細長く、滑り込むように中に入ると、そこは繭《まゆ》を思わせる形をした細長い空間だった。壁も床も柔らかいクッションに覆われて、空間のほとんどはベッドで占められている。

「もう離陸するんでしょうか」

「ああ、すぐに飛ぶ」

竜胆はうしろ手に扉を閉めた。その声は伽羅のうなじを震わせるほど近くで響いた。振り向いたとたん力強い腕に押され、壁に背中を押しつけられる。下半身が触れ合うと、伽羅の中に激しい渇望が頭をもたげた。竜胆の顔が重なってきて、唇が重なったかと思うと舌で口をこじ開けられる。歯の裏をなぞられると腰が甘くしびれ、伽羅の中心は熱くたぎり出した。

こぼれた唾液で顎が濡れ、膝頭が小刻みに震える。竜胆の指先が喉をたどり、襟元をまさぐった。竜胆の顔が伽羅の胸元に寄せられ、鱗形の六つの痣をたどるように唇が押しつけられる。痣はぐるりと輪を描くように並んでいるが、完全な円になるには欠けがある。竜胆は痣をひとつひとつ丁寧に舐め、軽く歯を立てた。それと同時に片方の乳首を指で弄《いじ》られて、伽羅はついに声をあげてしまった。

「りんどう、あっ、あ……」

「きみと離れていたとき……」

竜胆の声は伽羅の肌をくすぐるように揺れた。

「きみが欲しかった。欲しくて、たまらなかった……きみを失うかもしれないと思ったときは、暗闇に閉じ込められた気がした……わかるか、伽羅、私がどんなに……」

「竜胆、俺もずっと、あなたが欲しくて……」

「きみはいつも勇敢だ。私の狼──私の伽羅……」

竜胆の唇が伽羅の鎖骨に触れ、顎をなぞり、耳たぶに触れる。次の一瞬で足が宙に浮き、伽羅は竜胆に抱きかかえられて奥のベッドへ運ばれていた。竜胆の手が伽羅のベルトにかかり、ボタンをはずし、肌をさらしていく。竜人の厚い胸を直接触りたくて、伽羅も相手のシャツを引っ張った。ふたりのあいだを隔てる邪魔な布が消える。

明るい照明の下で竜胆の雄がそそり立っていた。竜人の二本の陰茎を見つめる伽羅の尻の奥が熱く疼いた。最初に抱かれたときは恐ろしい異形《いぎょう》に思えたのが不思議なくらいだった。

「竜胆……」

伽羅は腹ばいになって顔を寄せると、そっと左の茎を握り、右の茎の先端に唇をつけた。竜胆が小さく声を漏らすのが嬉しかった。びっしりと表面を覆う突起を舌で濡らし、口に含んで顔を上下させる。

「伽羅、ああ……」

舌で愛撫するたびに突起のあいだから甘い液がしみ出し、口の中にあふれた。ごくりと飲み下すと体がかっと熱く燃えた。くらりとして頭を揺すると、力強い腕が伽羅を引っ張り上げ、膝にかかえ上げた。

伽羅自身の雄もとっくに上を向き、先端からだらだらと雫をこぼしている。しかし体が求めているのは別の部分だ。待ち望んでいたそこに竜胆の指が入り込み、分泌液をなすりつけながらゆるゆると探る。

「そこ——あっ、あっ、あん、りんどう、もっと、もっと奥……」

指が動くたびにびりびりと背に快感が走り、抜かれたあとの襞《ひだ》はさらに太く堅い刺激を欲しがってひくひくと蠢《うごめ》く。伽羅はうつぶせになって尻を突き出し、竜胆の雄を待ちかまえた。

「伽羅……私が欲しいか？」

「うん、あっ、あっ、ああんっ——」

伽羅の中を竜胆がゆっくりつらぬいてくる。陰茎の突起を襞が包み、擦られるたびに白い稲妻がびくびくとまぶたの裏を走る。

「好き、好きです、りんどう――あああ」

「愛している……」

囁き声と共に腰を揺さぶられ、奥まで強く打ちつけられた。えぐるように中をかきまわされるときも竜胆のもう一本の陰茎は伽羅の股のあいだを擦っている。内側と外側、両方の刺激で運ばれた快楽の絶頂のさなか、空間全体がふわりと持ち上がったような気がした。

「あっ……竜胆、船が動いてる――？」

「ああ、離陸した」

竜胆はさらに激しく伽羅を揺さぶった。

「私の花、愛している――わかるか？」

「ん、あああっ」

竜人の雄に絡みついた襞がしくしくと震える。伽羅は放たれた熱い精の飛沫を受けとめ、また高みに追い上げられた。快楽の余韻にぐったりとうずくまると、あふれた精液が蕾《つぼみ》からこぼれ出し、股のあいだを濡らした。いつの間にか閉じていた目を開く。竜胆の股間にはもう一本の陰茎がそそり立っている。

「竜胆、来て……」

「休まなくていいのか？」

「もっと俺の中を突いて……すごくいい気分だから……ぴったりはまって……」

船室はかすかに揺れていた。宙船は上昇を続けているに違いない。竜胆の指が壁のどこかに触れ、突然壁が暗い色に染まり、船室の明かりが落ちた。

星と月が煌めく夜の色に伽羅は目をまたたかせた。壁と天井を覆うパネルに宙船の進む空間が映し出されているのだ。月の地表はどんどん遠ざかり、船は緑の月に向かっている。

星空に目を奪われながら伽羅は濡れたシーツに横たわり、竜胆の背に腕を回した。足を広げて竜胆を受け入れると狼の内側は花びらのように広がり、竜胆が動くたびにさらに奥にひそんでいた快楽の蕾がひとつ、またひとつと開きはじめる。

宙船はふたつの月のあいだを悠々と泳いでいく。竜人とその〈花〉はお互いの腕の中にいる。

終章　地上の雨

　地上は土と水の匂いでいっぱいだった。宙船を降りたときから軍本部へ移動するあいだ、ずっと雨が降っていた。雲に覆われた空から落ちてきた透明な雫は、竜胆と伽羅が乗る車の窓に小さな白銀の軌跡を描く。

　地上には雨が降る。伽羅は思いがけず新鮮な気持ちで窓を叩く水のしぶきを眺めていた。今になって初めて意識したことだったが、月の地表に雨が降ることはない。都市のドームもシールドに覆われた鉱山地帯も、絶え間なく降り続く水の雫は月に決してないものだ。

　運転している竜人は初めて見る顔だった。竜胆によれば、伽羅が月にいたあいだに駐屯地の軍人は全員交代したらしい。宙船が到着して出迎えを受けたとき、伽羅が知っている竜人は医者の砧と、竜胆の代行で地上の竜人軍を指揮していた菖蒲だけ。菖蒲は竜胆と入れ替わりに月へ戻ることになっている。今回は出合いがしらに口論をはじめることもなく、笑顔を浮かべて再会を祝った。

　伽羅は竜人ふたりの月語の会話に耳を傾けていたが、いつの間にか周囲には獣族の高官が集まっていた。伽羅が月でどんな活躍をしたのか、竜人側から話が伝わっていて、新聞記者たちは取材に余念がない。竜胆と無事に戻ったことをねぎらわれるときも、久しぶりに両親と再会したときも、あちこちで写真機の音が響いた。軍本部を出ると雨は上がっていた。伽羅は竜胆と共に車に乗って、駐屯地の邸宅に帰った。

　邸宅でふたりを出迎えたのは年配の竜人だった。

「棗《なつめ》と申します。私は地上に留まれますので、当分こちらにいることになりました。お屋敷のお世話をさせていただきます」

伽羅はおそるおそるたずねた。

「留まれるというのは、あなたは〈花〉を――」

「ええ、熊族の伴侶がおります。のちほどご紹介いたします。長いあいだ月を離れていませんでしたので、今日は親族のもとを訪ねております」

さらりと口にされた伴侶という言葉に伽羅は驚いたが、竜胆は古くからの友人のように棗の肩を叩いた。

「ずいぶん堅苦しいじゃないか。久しぶりに会えて嬉しい」

「私もまたお仕えできて嬉しいです。竜胆様」

「棗は伯父の執事だった」

竜胆は伽羅の腕を取りながら言った。

「伯父と地上へ来たとき、彼の〈花〉と出会ったのだ。私が子供のころに棗と月まで来た。私が初めて出会った熊族だよ」

邸宅は以前と同じように整えられていた。竜胆の寝室の暖炉にも火が入り、心地よい音を立てている。薪《まき》が燃える匂いには樹木に閉じ込められた地上のエッセンスが詰まっていた。伽羅はほうっと息をついた。

「地上の音ですね」

「音？」

竜胆は怪訝《けげん》な顔をしている。

「火が燃える音です。それに雨が降る音も。月にはなかった」

竜胆の眸があたたかく輝いた。

「気づかなかった。そうだな」

伽羅は暖炉の前に立ち、竜胆を見上げた。竜人の太い首に両手を投げかけ、抱き寄せられるに任せる。唇を重ね、舌を味わい、のしかかる重さに身をゆだねた。

竜胆の巧みな指と舌はたちまち伽羅の欲望を燃え立たせた。やがてたくましい竜人の腹の上で伽羅は素肌をさらし、自ら腰を持ち上げて雄を呑み込んでいく。

竜胆は伽羅の腰を支え、下から何度も激しく突き上げた。心を預けた存在が与えてくれる快楽に伽羅の心は高く持ち上げられた。夢見心地のまま、ふわりと宙を飛んでいく。

＊

「ご結婚おめでとうございます」

「伽羅、ありがとうな！」

心地よい秋の日差しの下、まき散らされた花びらの中を花嫁と花婿が笑顔を浮かべて歩いていく。

地区警備隊の兵士で、伽羅の友人でもある藍墨の結婚式である。花嫁は美しい赤茶の髪を背に垂らし、裾の長いドレスに小柄な体を包んでいた。いかつい風貌の藍墨も白の正装を着て堂々と立てば、なかなかの男ぶりである。

「伽羅はずっと竜人の部隊にいるのか？　ふだんは何をしているんだ？」

「秘書官として竜胆指揮官の補佐をやっています。でも軍本部にもよく行きますよ。通訳が必要なときに呼ばれるんです」

「そうだ、伽羅。お祝いでくれたもの、びっくりしたけど、いいのか？　高かっただろう？」

「月の土産ですよ。気にしないでください。俺が買ったんじゃなくて、あちらの竜人に持たせられたものだし」

「それならありがたくもらっておくよ。新居で使う」

結婚祝いに藍墨に渡したのは、月を発つ前に桔梗が買い込んだ品物のひとつ、月水晶を使った調理器具である。その他の品物も地区警備隊の上官だった木賊《とくさ》をはじめ、狼の知り合いや両親に配った。

月から地上へ戻って、季節がひとつ過ぎた。

狼族で竜人の〈花〉の秘密を知っているのは長老会議と狼軍の司令官だけで、彼ら以外は伽羅が竜胆の伴侶だとは知らない。伽羅はいまだに軍属で、竜人の部隊に出向中の立場だ。秘書官という役職は飾りではなく、実際に伽羅は竜胆の補佐として他の竜人と共に働いていた。

香料を商《あきな》う鹿族、山吹と黒鳶にも街で再会した。竜人の医者、砧はしばらく街を離れていたが、つい最近、鷲族の男を連れてふらりと邸宅にあらわれた。昔からの知り合いだと紹介されたが、単なる知人や友人にしてはどこかぎこちないふたりの様子を見て、伽羅はふと気づいた。この鷲族は砧の

〈花〉に違いない。

「街を離れていたあいだ、砧さんはどこへ行ってたんでしょう？」

翌日の朝食の席でたずねてみたが、竜胆も知らないようだった。

「さあ。薬用植物の調査のため高山へ行ったという話なら、前に聞いたことがあるが……」

岩山の続く高山は山岳地帯のさらに奥だ。獣が暮らせない急斜面の上には鷲族が多く棲む。伽羅は好奇心をそそられたが、砧に直接たずねるのは何となくはばかられ、いずれ教えてもらえるものと期待した。というのも、砧は伽羅と竜胆の方を、羨んでいるとしか思えない目つきで見たからである。

伽羅が竜胆の寝室で眠るのは毎晩のことになった。同じベッドで眠るからといって、いつも体をつなげるわけではない。いや、結果的にそうなる場合も多いが、睦言《むつごと》をささやき合って眠るだけの夜もある。

「伽羅、次の休暇だが……」

巻き毛を指にくぐらせながら竜胆がささやいた。伽羅は竜人の腕にもたれてなかば眠りかけていた。

「予定はあるか？」

「いいえ、何も……」

「伽羅のご両親のところへ行きたいが、かまわないか？」

「え？」

とたんに伽羅の目は冴えた。

「俺の田舎に？」

「ああ。以前こちらにいらしたときはご挨拶もできなかった」

「はいっ、ええ、大丈夫です――」

伽羅はもごもごと答えたものの、大柄な竜胆が実家の扉をくぐる様子を想像したとたん、胃が引っくり返ったような気分になった。

「伽羅?」

竜胆は不思議そうに伽羅を見つめている。

「どうした?」

「いや、俺の親は俺とおなじでごく普通の狼ですから、竜人の指揮官が来るとなったら大騒ぎになります」

竜胆は伽羅の前髪を指で梳《す》きながら、ふっと口元をゆるめた。

「普通ね……いや、大騒ぎするようなことではない。伴侶として訪ねるだけだ。伽羅がいるから、私はここにいられる。この美しい地上に」

竜胆の指はさらに伽羅の髪を探り、耳の裏へ降りていった。心地よさに身を任せているとまた眠気がやってくる。

「今はわかる気がします」

つかの間の覚醒は眠りの霧に覆い隠され、伽羅は夢うつつでつぶやいた。

「何が?」

「この地上が美しいというのが……俺は月へ行ったから……」

「どう美しい？」

「ここには雨が降って……」

狼はうすく目を閉じて、雨の夢を見ていた。

「緑が茂って、土の匂いがするから……みんながいる……鳥も獣も……」

「狼も」

「……狼も。それがきっと、あなたが地上を美しいという意味なんだ……月水晶はないけれど、花が咲いて……」

声は規則正しい寝息に溶けて消えたが、竜胆の指はまだ動いている。耳の裏からうなじ、頬、顎とたどり、ついに唇へ達するが、狼の目は固く閉じていた。眠りの呼吸に合わせて胸がゆっくり上下している。

「ああ、そうだ」

竜胆は眠る狼の耳にささやいた。

「地上には花が咲く。伽羅……私の〈花〉」

紺碧の空の下で

1

カーテンの隙間から見るのは抜けるような青い空だ。爽やかな目覚めの気分が一瞬で吹き飛び、伽《きゃ》羅《ら》は飛び上がるように体を起こした。

「寝過ごした？」

すぐそばで、押し殺した笑い声が響く。

「休暇の一日目だよ。寝ていなさい」

「竜胆《りんどう》……」

伽羅の頬はきまり悪さに少しだけ熱を持った。思わず言い訳がましいことを口にしてしまう。

「びっくりしたんです」

竜胆はベッドの背板にもたれている。伽羅と同じ下着一枚だけの姿で、開いた新聞が手元にあった。

唇はほんの少しゆるんでいる。

「笑っていないよ。きみが可愛くて」

「そういうの」

恥ずかしいんです、と言いかけて伽羅は黙った。竜胆の指が頭皮をくすぐるようになぞりはじめ、体の奥が蕩けていくような心地よさに包まれる。それが耳に触れたとたん、伽羅は思わず息を呑んだ。

「えっ」

敏感な獣の耳の片方をそっとなぞられ、尻尾がびくんと揺れた。眠っているあいだに耳と尻尾だけが狼のそれに変わっていたのだ。

母親のそばで安心して眠る仔に時々こんなことがある。昨夜は遅くまで睦み合い、いつ眠ったのかも覚えていない。伽羅の頰は今度こそ燃えるように熱くなった。竜胆はそしらぬ顔をして腕をのばし、伽羅を裸の胸元に抱き寄せると、両手で伽羅の両耳をまさぐりはじめた。

狼の耳をこんなふうに弄れるのは本当に親密な関係の者だけだ。竜胆以外の誰かだったらきっと本能的に襲いかかっていただろう。ところが今の伽羅ときたら、中途半端な変身を解くこともできず、だらしなく竜胆に体を預けてしまっている。おまけにずれた下着から飛び出した尻尾が、勝手にぴょこぴょこ揺れてしまった。

「もう、遊ばないでくださいっ」

そう言ってみたものの、伽羅の声はなんとも迫力に欠ける。竜胆は頰をゆるませ、伽羅の眸を真正面から見つめた。吐息が伽羅のひたいをくすぐる。

「耳の触り心地がよすぎるのがいけない」

「きょ、今日は出発……するんだから……」

「ああ、そうだな。だがせっかくの休暇だ。もう少しだけ……」

「で、でも！　列車の時間に遅れますよ」

耳を弄っていた手が一瞬止まり、また動き出した。

「時間になれば棗が知らせてくれるさ」

執事の名を口に出す。まさにそのとき、ノックの音が響いた。

「竜胆様、伽羅様。朝食のご用意ができております」

竜胆は小さなため息をついた。伽羅の耳を解放し、ドアに向かって声を投げる。

「わかった」

それでも、片手は名残惜しいといわんばかりに尻尾の付け根を撫でようとする。そこは最も感じる場所だから、このまま触られたら朝食どころではなくなる。伽羅は背中をぶるりと震わせ、今度こそ竜胆の腕から抜け出した。


空は青く澄み渡り、庭を囲む木々は赤や黄色に色づいている。地面も落葉に覆われて暖かい色に染まっていた。いつもはもっと早く起きるから、遅めの朝食を竜胆とゆっくり取るのは久しぶりのことである。

「トランクは車に積んでございます。お支度が整えばいつでも出発できます」

執事の棗は以前の執事の石榴よりかなり年上だ。この邸宅で何が起きても決して焦った様子を見せないし、竜胆が伽羅を相手に戯れても、慈愛のこもった表情で見守っている。

竜胆は果物の皿を前にうなずいた。

「ありがとう。留守を頼む」

「伽羅様は久しぶりの帰省でございましょう。どうぞ楽しんで行ってらっしゃいませ」

これから伽羅は竜胆と故郷に帰るのだ。特急列車で半日かかる田舎町は、猪族の縄張りの中に点在する狼族の飛び地のひとつだった。

伽羅が軍に入ってから帰省したのは新年の休暇の一度だけだ。月から地上に戻ったあと、はるばる上京してきた両親には会ったが、帰るのは初めてである。といっても、それだけなら単なる帰郷にすぎないのだが、今回は竜胆が一緒だ。

実を言うと、伽羅は今回の帰省がどんなものになるのか想像もつかなかった。狼族の伽羅を〈花〉に迎えたこの機会に狼の縄張りをもっと知りたい。ついては伽羅に同伴させてほしい、という竜胆の言葉を伽羅の両親はおそるおそる受け入れたが、秘書官の帰省になぜ上官がついてくるのか内心では不思議に思ったことだろう。秘密保持契約により〈花〉の本当の意味を知るのは狼族の長老会議と狼軍の司令官だけである。

「今回の帰省はきみの凱旋《がいせん》旅行のようなものだ、伽羅」

駅に着いて車を降りながら竜胆が何気ない様子で言った。

「凱旋？　まさか。大げさにしないでください」

「おや、もう忘れてしまったのか？」

竜胆はからかうような笑顔を向ける。

「月で私を救ったのも、囚われていた地上の種族を救ったのもきみなのだ。この世界できみは英雄なのだよ」

駅にはもう列車が止まっていた。ふたり分のトランクを下げたポーターに案内されたのは一等のコンパートメントである。出発間際だったので、荷物を置くとほどなくして列車は動き出し、やがて車掌が切符をたしかめにあらわれた。丁寧な礼と共にドアが閉まると、竜胆は伽羅を窓際に座らせ、自分は向かい側ではなく伽羅の隣に腰をおろした。

今回は私用旅行だから公《おおやけ》の護衛はついておらず、ふたりだけの旅である。そのせいか、伽羅は竜胆に自然に体を寄せていた。

「伽羅、気がついたか？」

「なんにです？」

「今の車掌だ。きみが誰なのかわかっていた」

「まさか——いえ、たしかに新聞の取材はいくつか受けましたけど、車掌が気にしていたのはあなたですよ。俺はただの狼だし、秘書官のひとりにすぎないんですから」

竜胆は微笑んだだけで何も言わなかった。実は月から地上へ戻った際、伽羅が必要以上に報道で露出することがないよう、狼軍が手を回していたのである。美貌の若き狼はファッション雑誌やゴシップ誌にとっても格好の被写体だったからだ。それは自分の〈花〉を不必要に見せびらかしたくないという竜胆の意をくんだものでもあった。

特急列車は田園地帯を走り抜け、やがて丘陵地帯に入った。列車のすぐ近くまで紅葉した木々が枝を差しかけていたが、トンネルを抜けるたびに秋は深くなった。葉を落とした裸の木が増えていく。

「伽羅の故郷の町はどんなところだ？」

肩を触れ合わせたまま、頭を伽羅の方へ傾けて、竜胆がたずねた。

「どんなって――小さな町です。あと……」

伽羅はその先を考えたが、うまい言葉が出てこない。

「ごく普通の町だと思います。特に変わったものがあるわけでもないし。あ、猪族の農産物を加工する大きな工場があります。それ以外は特に何も……」

「伽羅のご両親は何をされておられる？」

「父は教師です。母は診療所で働いています。その、よくある……家族です。地位があるわけでもないし、特に裕福というわけでもないし」

「そうか？　私はお会いするのがとても楽しみだ」

「そ、そうですか？」

伽羅はどぎまぎして窓の外を見つめた。竜胆を前にしたときの両親の反応を思うと、奇妙なほど落ち着かなくなる。

昼を過ぎたころ、列車はとある駅で止まった。線路の切り替えでしばらく停車するようだ。

伽羅は竜胆と一緒にプラットホームに降り、売店で昼食を買った。戻ろうとふりむくと、ふいに見知らぬ猪族の女が伽羅の前に立ちふさがった。

「あんた、新聞に出ていただろう？　月から戻った人だ」

いきなり大声をあげたから伽羅はびっくりして立ち尽くした。年嵩の大柄な女で、髪はほとんど灰色である。

「月であたしの息子に会わなかったかい？　何年も前、町で会った月人について家を出て、それっきりなんだ。月へ行くと言ってさ」

女の声は遠くまで響き、離れたところにいた人々がさっとこちらを見た。

「あたしの息子は月にいるんだ。死んでなんかいない。あんた、息子に会わなかったかい？」

伽羅の足は根を生やしたようにその場に固まったが、竜胆の低い声が呪縛を破った。

「息子さんから連絡はあったか」

女は竜胆を見上げ、目を見開いた。

「一度手紙が来たんだ。これから宙船に乗るって。これが息子の写真だ」

いつも持ち歩いているのか、写真はすっかり縁がよれてしまっている。写っているのは伽羅と変わらない年ごろの猪族の若者だ。竜胆はかがんで写真を見つめた。

「他にはないか？」

竜胆が竜人だとわかったせいか、女は挑発的な目つきになった。

「家にあるよ。息子は白い羽根の月人についていって――」

大声の途中で素早く差し出された名刺に女は目をまるくする。

「息子さんの写真をこの住所に送りなさい。月人が関係する行方不明者について、要請があれば我々はできるだけのことをする」

女はさっと名刺を引ったくり、プラットホームを走り出した。竜胆が腕を取ってうながすまで、伽羅はあっけにとられてその背中を見送っていた。

「あの人の息子さんって、まさか……」

頭をよぎったのはもちろん、天人の秘密の研究所だ。竜胆もおなじことを思ったに違いなかった。

「……見つかるといいです」

伽羅はやっとそれだけ言った。竜胆は首を縦に小さく振る。

「そうだな。伽羅、列車が出る。いそごう」

2

特急列車が故郷の町に到着したのは夕暮れどきである。

プラットホームに降りるといい匂いが鼻をついた。焼き栗と、落ち葉の中で蒸し焼きにした甘芋の香りだ。伽羅は自分のトランクをさげ、竜胆と並んで小さな駅舎を出た。

——そのとたん、大歓声があたりに響き渡った。

思わずその場に立ち止まる。駅前の広場は人々で埋め尽くされていた。町中から集まってきたかのような数だ。祭日に使う大きな松明《たいまつ》が人々を照らしている。みんな、手に持った小旗を伽羅に向かって振っている。

町長が恰幅《かっぷく》のいい体を左右に振りながらのしのしと歩いてくると、伽羅の前で立ち止まった。まるい顔に満面の笑みを浮かべ、手を振って人々の歓声を静める。

「伽羅君、よく戻ったな。きみはこの町の誇りだ」

「あ、は、はい？」

「帰省すると聞いて、こうしてみなで出迎えようということになったんだ。ほら、ご両親がそこに」

伽羅は目をぱちくりさせながら町長の指さす方へ首を伸ばした。両親は少し離れたところに立っている。いささか困ったような表情だった。

「あ……ありがとうございます」

町長は伽羅のとまどいをものともせず、竜胆に手を差しのべた。

「あなた様が竜胆殿でいらっしゃいますな。お会いできて誠に光栄です」

伽羅と違って竜胆は落ち着いたものだ。町長としっかり握手をしながら「盛大な出迎え、まことにかたじけない」と告げる。

「私の〈花〉である伽羅がこうしてふるさとで歓迎されているのは、私にとっても非常に嬉しいことです」

「いえいえ。あなた様までわが町へいらっしゃるという栄誉を賜《たまわ》り、なんと言ったらいいか……小さな町ですが、ご滞在のあいだにぜひ、あちこち見ていただきたい。職員にご案内させましょう」

「それもありがたいことです。ともあれ、今は早く伽羅を休ませてやりたいのですが」

「ええ、もちろんそうでしょう」

やっと両親がこっちへやってきた。町長は出迎えの人々を振り返り、伽羅と竜胆に向かって両手を大きく広げた。伽羅は一瞬パニックに陥ったが、反射的に姿勢を正し、群衆に向かって敬礼をした。

一度は静まっていた歓声がまたはじまった。敬礼を解いた伽羅の肩に町長が手を置いた。

「伽羅君、のちほど伺わせていただくよ」

「は、はい」

「家までは私の車を使いなさい。二台出しておいた」

町長は体を左右に揺さぶりながらもったいぶった様子で歩いていった。その言葉通り、自動車が二台ゆっくりと道をやってくる。両親は最初に停まった方に、伽羅と竜胆は二台目に乗った。

「だから凱旋だと言っただろう?」

車のドアが閉まったとたん竜胆がささやいた。伽羅は焦って言い返した。

「こんなの、想像なんてできるわけないでしょう?」


家に帰ると今度は親戚が待ちかまえていた。階下の居間と食堂がおじとおば、従兄妹《いとこ》たちに占領されていたのだ。

とはいえ親戚たちの目当ては伽羅ではなく竜胆だった。この町には本物の竜人と話したことがある者など数えるほどしかいない。だからこの機会に一度話をしてみたい——ということで集まったらしい。もっともいざ竜胆を前にすると、小さな従妹以外はみな緊張でこちこちになっていたから、伽羅は内心おかしくてたまらなかった。

おばがこの地方特有の、客人を迎えるための飲み物と菓子を用意していたので、伽羅は久しぶりに懐かしい味にありついた。竜胆がスパイスの利いた菓子を食べるのを見て、親戚たちはやっと好奇心を満足させ、どやどやと帰っていった。

「お疲れのところ騒々しくてすみません。本当にホテルでなくてよろしかったんでしょうか？」

母親が竜胆におずおずと告げる。家はこの町ではごくありふれた造りである。階下に台所と居間や食堂、物置があり、二階には両親の寝室と、伽羅が使っていた子供部屋、それに客用の部屋と屋根裏部屋があるだけだ。

竜胆はおだやかに答えた。

「いえ、私が伽羅に無理を言ったのです。お気遣いさせてしまいましたね。みなさんの作法に無知なので、失礼をしていたら大変申し訳ありません」

「まさか、とんでもない。竜胆殿はそんなことをされるわけがない。とにかく部屋にご案内しましょう。伽羅は子供部屋でいいな」

父親が慌てた口調で言ったあと、母親が控えめにつけくわえる。

「荷物を置いたら、よければお風呂を使いませんか。遠くからいらっしゃってお疲れでしょうから」

「かたじけない。では、そうさせていただきます」

父親が竜胆を客間に案内しているあいだ、伽羅は自分のトランクを子供部屋に運んだ。軍に入ったときとほとんど変わっておらず、古いベッドは腰をおろしたとたん、ぎいっと音を立てて軋《きし》む。誰かが階段を上り下りするたびにうるさく足音が響くのが、以前はうっとうしかったのに今日はひどく懐かしかった。

ベッドに寝そべって、駅で受けた歓迎を思い出す。今さらのように恥ずかしくなって、顔がぽっと熱くなった。まったく、自分はおかしな態度を取らなかっただろうか。

思い出すとじっとしていられなくなった。子供部屋を飛び出して客間をのぞく。竜胆はおらず、トランクはベッドの横にきちんと並べられていた。階下へ行くと、母親は台所で料理をしていて、父親は食堂のテーブルに食器を並べていた。窓の外はとっくに暗くなっている。

伽羅は居間の大きな窓からテラスに出た。庭の向こう側の家も明かりがついていて、テラスに面した部屋の中がよく見える。と思ったら誰かが伽羅に向かって手を振ると、テラスを越えてこっちに向かってくる。幼馴染《おさななじ》みの千草《ちぐさ》だ。

「伽羅！」

「千草」

千草は伽羅にとって、子供時代からのいちばん気心が知れた友である。庭を横切って走り寄ってきた千草は、伽羅の一歩手前でふいに足を止めた。

「駅に迎えに行こうと思ったけど、やめたんだ。町長が騒がしかったから。報道を読んで、大変そうだと心配していたけど――元気そうだな」

どことなくまぶしそうな目つきでじいっと見てくるので、伽羅はきまり悪くなった。

「うん、俺は元気だ。千草はどう？」

「俺？　変わらないよ。伽羅はすっかり都会っぽくなったな」

「そんなこと……ないよ」

お世辞ともなんともつかない言葉に伽羅はぎこちなく笑った。千草の顔に笑みが浮かんだ。また一歩前に出ると、伽羅の肩を軽く抱いて体ごとぐいっと押してくる。伽羅も応戦するように押し返した。子供のころからよくやったじゃれ合いである。しまいにふたりとも、本当の笑いがあふれて、止まらなくなる。

「やれやれ、伽羅は今や、新聞にも出た有名人なんだぜ？　おじさんとおばさんは？」

「いるよ。竜胆――さんと一緒に、これから夕食だ」

「竜胆？」

千草が問い返したとき、テラスの窓から竜胆があらわれた。

長身の影が若い狼の上にかぶさる。千草の口がぽかんと開いた。伽羅は幼馴染みから離れると、いそいで紹介した。

「竜胆――彼は千草です。俺の幼馴染みで」

「竜人の竜胆司令？」

千草が小さな声でつぶやいた。

「ああ、私が竜胆だ。すまない、再会の邪魔をしたな」

「いいえ、大丈夫――」

伽羅はふたりを交互に見たが、千草は間髪容れず「いえ！」と言った。少し大きな声だった。

「伽羅、会えてよかった。また」

足がさっと引いて、ぺこりと竜胆にお辞儀をする。そして素早くテラスから飛び降り、あっという間に庭を横切って自分の家に入っていく。

「千草?」

伽羅はあっけにとられて幼馴染みの家を見つめた。どうやら今回の帰省では、伽羅にとって意外なことばかり起きるようだ。

3

母親の手料理が並んだ夕食のひとときは、控えめな会話の合間に時折愉快な笑いが起きるだけで、特段変わったことはなかった。伽羅はやっと心から故郷に帰ってきた気持ちになった。せっかく帰省したというのに、こうも慣れないことばかり立て続けにあると、なんだか落ち着かないのである。ところがそれもつかの間のことだった。夕食を終え、四人で居間に座っていると、外で自動車のエンジン音が止まり、玄関のドアが慌ただしく叩かれた。

「やあ、遅くにすまないね」

あらわれたのは町長と、伽羅も通った初等学校の校長である。

「竜胆殿、こんな狭いところのおもてなしで申し訳ありませんな。伽羅君は久しぶりの実家で落ち着いただろうがね。ああ、それで、出迎えのときは話せなかったのですが、実は……」

両親も驚いている中、居間に通された町長の話を聞いて、伽羅は開いた口がふさがらなくなった。

なんと今回の伽羅の活躍を記念碑にしようというのである。

「ええっ、嫌です、そんなの」

思わず伽羅は礼儀も忘れ、町長の話の途中で口をはさんでしまった。しかし町長のまるい顔は余裕の笑顔を浮かべたままだ。

「だが伽羅君、これはきみの栄誉であると同時にこの町の栄誉なのだ。そもそも報道で見るかぎり、伽羅君の行いはもっと大々的に称えられてしかるべきなのだ。月で同胞を救ったのだろう？　町どころか、首相から感謝状をもらってもいいくらいだ。だからせめて町としては、何かを残しておきたい——もちろん記念碑建立《こんりゅう》は費用のかかることだが、こんな素晴らしいことのためなら、寄付で費用を集めるのもたやすいだろう」

町長が自腹を切るならともかく、寄付？　まさか。伽羅は笑顔の町長と、困惑した表情の両親と、我関せずを決め込んだ校長の顔を見渡した。

「あの、俺は……」

「町長殿、申し訳ありませんが」

至って穏やかな口調で竜胆が言った。

「伽羅は軍属で、現在は私の秘書官として出向中です。あなたのお気持ちは素晴らしいが、あいにく竜人のもとで働く者には特別な規定があります。みだりに公に名を出さないことになっている。記念碑となると、いったん軍に持ち帰って審査が必要になるでしょう」

「ああ——そんな」

たちまち町長から笑顔が消えた。

「さようでしたか。それは――審査というのはどういったもので」

「規定については戻って確認しなければなりません。さらに申し上げると、現在はまだ戦後処理の最中です。我々竜人に関することも、伽羅についても、まだ注意深く取り扱わなければなりません。記念碑のような喜ばしい事柄はもっと時間を置いてから検討するにこしたことはない。もちろんそのときが来たら、私は喜んで協力しますよ」

「さようでしたか！　それは――ありがたい。ではこの話はまた、そのときが来たらということで」

竜胆はうなずき、町長以外の全員がほっとした表情を浮かべた。しかし緊張が解けたのもつかの間のことだ。今度は校長が「あの、わたくしがお邪魔したのはですね……」と言いはじめたからである。

「伽羅君に生徒たちに向けた講演をお願いしたいと思ったからです。いったいどんな経験をしたのか、月はどんなところだったか……もちろん、機密に関することは話さなくてかまいません。ですがわたくしたちは、月人や鳥族について、もっと子供たちに教えるべきだと思うのです。伽羅君のお父上は中等学校の先生ですし、これについては賛成していただけるものと……明後日は全校集会の日ですから、そのときにぜひご登壇いただけないかと思いまして……」

「こ、講演？　俺が？」

伽羅は目をまるくした。見ると母親もそっくりの表情をしている。だが父親はうなずいているし、竜胆に至っては口元に笑みを浮かべていた。

「たしかに子供たちにはいい機会になるだろう」

そう答えた父親に続いて、竜胆まで「素晴らしいじゃないか、伽羅」などと言う。記念碑とおなじように止めてもらえるのではないか、という期待がもろくも崩れ去り、伽羅は口をぱくぱくと開いたり閉じたりした。

「でも俺、人前で話なんかしたことないし……子供といっても、何をどれだけ話せばいいかもわからないのに」

自信なくつぶやいた伽羅の肩に竜胆が手をかけた。

「集会が明後日なら、明日私と内容を検討すればいい。特訓もしてやろう。さいわいというか、私は立場上、人前で話すのに慣れているからな」

「もちろんあなたは——そうでしょうけど」

「大丈夫だ。子供たちはきみの話から必ず得るものがある」

そうやって竜胆に畳みかけられ、期待の目で見られては、伽羅に断れるはずもない。たちまち二日後の午後、伽羅は初等学校の全校集会に登壇して話をすることに決まった。やっと、満足そうな笑みを浮かべた校長と不満そうな町長を乗せた自動車の音が家から遠ざかり、伽羅はふーっと息を吐いてしまった。

「こんなに大騒ぎになるとは思っていなかったのよ」

母親が苦笑いを浮かべて言った。

「竜胆さん、記念碑の件は助かりました。あなたがここにいらしてくださって、本当によかった」

竜胆は何食わぬ顔で答えた。

「いいえ。私は大事な伽羅によけいな気苦労をかけたくないだけです」

「そのお心が嬉しいのです。ありがとうございました。お疲れなのに……どうか遠慮なくお休みください」

「たしかに。そろそろ休ませてもらいます」

竜胆が立ち上がると、伽羅は思わず腰を浮かせた。

「俺も――」

「伽羅はお風呂使ってからにしなさい」

ぴしりと言った母親の声に、竜胆の肩が小さく震えるのがわかった。

4

二日後、初等学校の全校集会で、伽羅の講演は大成功のうちに終わった。

前日、竜胆とみっちり打ち合わせと練習をしただけあって、途中で言葉に詰まることはほぼなかった。〈花〉や月水晶の秘密など、話せないことはたくさんあるにせよ、どんな経緯で月へ行くことになったか、月と地上がどのように違うか、月水晶の美しさについて、月の進歩した文明と、対照的に地上の方が素晴らしいと思ったこと――それなりにうまくまとめられたと伽羅は思った。

講演のあとは子供たちからの質問に答えた。最初は照れくさかったが、ふたり目の「月都市でどんなものを食べたのか」という質問を終えたあと、急にすらすらと答えられるようになった。最後は大きな拍手で終わり、校長をはじめ、他の教師にも感謝されて、伽羅はほっとして学校を出た。

竜胆は講堂の外で待っていた。学校の裏の木立のあいだを抜ける散策路は、小さな橋のかかる清流を渡り、貯水池の横から上り坂になって、小高い丘の頂上へ続く。若者たちが大人の目を逃れたり、考えごとをするためにやってくる場所でもある。

伽羅も入隊を決める前、何度もひとりでここを歩いたものだ。それが今は竜胆と並んで歩いている。

「こんなことになるなんて、思っていませんでした」

「こんなこととは?」

「帰省です。町の人の出迎えとかさっきの講演とか。俺は家族に会いに帰っただけなのに」

「だから凱旋旅行だと言っただろう?」

伽羅は笑った。

「あれは警告だったんですか?」

丘の上にはまばらに灌木《かんぼく》が生えていた。町の家々を見下ろせる開けた場所には、長年ベンチ代わりにされている平べったい石がある。ちょうどふたり座れる幅だ。

竜胆も伽羅の隣に腰をおろした。それだけで伽羅の中に溜まった緊張が解ける。無意識のうちに竜胆に体重を預けると、竜胆も片手を伽羅の肩に回した。うなじや頭をそっと撫でられると、ふいに箍がはずれたようになって、狼の耳がぴょこんと飛び出した。

「あっ……すみません」

あわてて元に戻そうとしたのに、竜胆はもう獣の耳を弄っている。

「竜胆、だめ……」

「少しだけ。狼の耳は本当に……可愛いな」

いきなりそんなことを言われると息が止まりそうになる。さらにふうっと息を吐きかけられて、伽羅の背中はびくっと震えた。

「少しだけ……ですよ」

「ああ」

そのまま寄り添って、どのくらい過ぎただろう？　視界の端で灌木が揺れた。獣の耳がウォン、と短く切るような吠え声を聞きつける。はっと体がこわばって、伽羅は灌木に目を向ける。

「誰？」

立ち上がると茂みのあいだを縫っていく灰色の尾がちらりと見えた。風に乗ってかすかに千草の匂いがした。

「伽羅、今のは」

「友達――です」

伽羅はどこからか飛んできた草の実を払い落とした。

「帰りましょう」

「ああ、そうだな」

5

翌日の午前、竜胆は町役場へ向かった。町議会の代表が、滞在中にぜひ竜胆と面会したいと申し出たためだ。竜胆はついでに町役場から竜人基地に連絡するつもりのようだ。この町にはまだかぎられた場所にしか通信機がない。伽羅は途中駅で出会った猪族の女のことを思い出した。彼女は写真を送っただろうか。

伽羅も竜胆と一緒に町役場の近くまで行き、ひとりで目抜き通りをぶらぶら見て回った。竜人基地に持ち帰るほどの特産品はこの町にはない。焼き栗のようなありふれたものしかないのだ。

玩具屋の店頭でゼンマイ仕掛けの人形を眺め、隣の書店に入った。伽羅が最初に月語の教本を買ったのはこの店である。奥にいる店主に会釈すると、不機嫌な顔でうなずき返してきた。この店主は決して客に愛想よくしない。

雑誌の表紙を眺めていると千草がやってきた。

「いつまで町にいる?」

昨日のことはおくびにも出さず、いきなりたずねてくる。

「明後日の列車で帰るよ」

「あの人も一緒か?」

「竜胆? もちろん。千草はなんの仕事をしてるんだ?」

「もうすぐ昼だからちょっと抜けてきたんだ。伽羅、ちょっと……話がある」

伽羅はぎこちない雰囲気を無視しようとしたが、千草の表情は硬いままだ。目抜き通りを渡り、町役場の裏手の噴水公園へずんずん歩いていく。伽羅は小さなため息をついてあとを追った。

春や夏は緑が美しい公園だが、今は半分以上葉を落としてしまっていた。中央には大きな水盤がある。清流から引いた水が地下を通ってここに達し、水盤を満たして流れ落ち、小さな泉に溜まったあと、ふたたび地下へもぐるのだ。

「伽羅、あの竜人と……どういう関係なんだ？　その……つきあっているのか？」

水盤の前で千草がたずねた。

〈花〉の正確な意味を千草に話すことはできない。伽羅はただうなずくにとどめた。千草が疑わしそうな目でじろりと見る。

「ほんとうに？　あの人は月人で、司令官で……地位がある人だろう。無理やりとか……騙されていたりとか……そんなわけじゃないのか？」

伽羅はあっけにとられ、思わず笑った。

「何を言うかと思ったら。そんなのじゃない」

「俺は新聞を読んだぞ。伽羅が月に連れていかれて大変なことになったのは、あの人が伽羅を〈花〉とやらに選んだからなんだろう？〈花〉ってなんなんだ。それに月人のそんな偉い人が、どうして伽羅を」

伽羅の顔から笑みが引いた。

「千草こそどうしてそんなことを言う。竜胆はほんとうに――信頼できる人だ。それとも、千草は俺の話が信じられない？」

思わず強い言葉で言うと、千草の頬がこわばった。

「そうじゃない。俺は――俺はただ……伽羅が好きだ。ずっとそうだったし、今だって」

伽羅はぽかんと口を開け、千草を見返した。

「何年も前に、俺たち一度、その……しただろう？　伽羅は鈍いから、あのときも冗談だと思ったようだけど、俺はずっと……おまえのことが好きだった。おまえと恋人になりたかった」

何年も前の、まだ少年だったころのちょっとした戯れ。

伽羅の脳裏に当時のことがよみがえって、たちまち消えた。

「ごめん、千草。俺は……千草のことは友達だと思っていた」

千草は水盤を見つめたままだ。

「俺も伽羅が軍に入る前に、はっきり言えばよかった」

気まずい沈黙が落ち、伽羅も水盤を見つめた。地下からくみ上げられた水が湧き出して、水盤の縁ぎりぎりまで盛り上がっては流れ落ちる。

ふいに泉の表面に紫が滲《にじ》んだ気がして、伽羅は振り向いた。竜胆がすぐそこにいた。千草が彼を睨みつけているが、伽羅の顔には自分でも意識していない笑顔が浮かぶ。千草が思い切り眉を寄せて、伽羅を見た。

「……まったく、なんて顔をするんだよ」

「え？」

「俺、仕事に戻るから」

「千草」

千草はこわばった顔のまま竜胆に会釈して、そのまま歩いていってしまった。

6

実家で過ごしていたあいだ、竜胆はずっと客間で寝起きし、伽羅の子供部屋に入ってきたのも一度だけだった。それでも母親の勘は侮《あなど》れない。故郷で過ごす最終日、あとは駅へ行って列車に乗るだけとなった朝、母親がそっと伽羅を台所へ引っ張った。

「嫌なら話さなくてもいいけど、伽羅は竜胆さんとどんな——つきあいなの？」

伽羅は一瞬答えに窮《きゅう》した。

「つきあいって、母さん」

「ただの上官と部下じゃないんでしょう？　お父さんは鈍いから納得しているけど、月の人だからといっても……わかるのよ。竜胆さんと伽羅の目を見ているだけで」

母親は真剣な目つきだった。伽羅は観念した。

「うん。俺たちは……愛し合ってる」

「この何日かで、竜胆さんがおまえを大事に思っているのはわかった。私がひとつ聞いておきたいのはね、あの方が月に帰るとき、おまえも行くのかってこと」

伽羅は息を呑み、少しだけ間を置いた。

「母さん、俺は……きっとそうすると思う。それにいつか……そういうことはある。ごめん」

天人に拉致されて月へ行くことになった伽羅を、ずっと地上で案じていた母親に、こんなことを言ってはいけないのかもしれなかった。だが、肝心なときに嘘をつくなと伽羅に教えたのは母親だったし、今はその「肝心なとき」だという気がしたのだ。

「伽羅、謝らなくていいのよ」

母親はきっぱりと言った。

「どんなことになっても、ここにはいつもおまえの場所があるから」

「母さん、竜胆は地上が好きなんだ。あの人は俺が思ってもみなかったやり方で、獣や鳥や、大地を見てる」

「だから伽羅はあの人を好きになったの？」

「まさか、それだけじゃないよ。竜胆は……竜胆のどこを好きかなんて」

伽羅は頭の中でぐるぐる回る言葉をまとめようとしたが、うまくいかなかった。

「ごめん、うまく言えない。いろいろなことがあったから」

母親は小さくため息をついた。

「おまえにとってあの人がすごく大切なのはよくわかったの。だから竜胆さんも、いつでもここに帰ってきていい。もし必要なときが来たら、あの方にそう伝えて」

目の奥がじんと痛くなった。伽羅は何度もまばたきし、こみ上げてきた涙を隠した。

「うん。ありがとう、母さん」


列車は定刻にやってきた。伽羅と竜胆はトランクを横に置き、耳をつんざく音を立てて長い車体が止まるのを待った。駅までふたりを見送りに来たのは両親と親戚、それに初等学校の校長だ。町長は来なかったが、伽羅は内心ほっとしていた。

来たときと同じように一等のコンパートメントに入り、窓を開けた。列車がゆっくりと動き出す。プラットホームにいる人々に手を振っていると、遠くから狼の吠え声が聞こえた。

伽羅にはすぐ声の主が聞き分けられた。千草だ。窓からのぞくと灰色の狼が線路沿いを疾走している。

「そこの月人、伽羅が泣くようなことをしたら許さないからな！」

走りながら勇ましく吠え立てて、狼は木立の間に消えていった。

「今のは？」

伽羅はコンパートメントの窓を閉めた。竜胆は伽羅を抱くようにぴたりと背後にくっついている。

「千草です」

「聞き取れなかったが、何か言っていたのか？」

「ええ、まあ……」

伽羅は伝えるべきか迷ったが、竜胆に先を越された。

「どうせ、伽羅を泣かせたら許さないとか、そんなところだろう」

「どうしてわかったんです？」

「公園で会ったとき、そんな目をしていた」

そういうものだろうか。首を傾げた伽羅を竜胆は膝にかかえんばかりの勢いで引き寄せた。

「あっ、竜胆……そこ、弄らないで、また耳が……」

「だめか？」

「だめです。帰るまで――だめですって」

「帰るまで、か。そうだな」

それでも伽羅の耳はまた獣に変わろうとするのだった。竜胆は伽羅の唇に何度も小さな口づけを落とし、獣の耳を嬉しそうに弄った。

「ああ、伽羅……無理な相談だ。そうじゃないか？」

「何を言ってるんですか、竜胆――もう」

呆れた声を出しても竜胆は手を止めようとしない。ふたりを乗せた列車は、収穫を終えたばかりの畑のあいだを抜けていく。深く青い空の天蓋がこの地上を覆っていた。

人の姿から鳥や獣に自在に変身したいという夢は人間の根源的な願望のひとつではないかと時々思います。『月の影と竜の花』は、人から動物へそしてまた人へと自在に姿を変えられる獣人たちの生きる地上と、月に住む翼ある種族との交流の物語であり、月に憧れる狼族の若者と、そんな狼に恋した月の竜人のラブストーリーです。

はじめまして、おにぎり１０００米と申します。小説投稿サイトでこの数年ＢＬ小説を書いており、本作もウェブ小説が元になっています。こちらが第一回リブレ×pixiv ビーボーイ創作ＢＬ大賞・小説部門で大賞を受賞し、これに編集部のアドバイスのもと大幅加筆と改稿をほどこして、このたび書籍刊行の運びとなりました。本書では受賞したウェブ版の後半部に展開が加わって大幅増量となっただけでなく、レトロなＳＦ、といってもサイエンス・フィクションではなくスペース・ファンタジーというべきものですが、その雰囲気もより増したかもしれません。伽羅、竜胆、月白というキャラクターたちも、より可愛くカッコよく魅力的になったのではないかと思います。

刊行にあたって、編集部やイラストのＡＳＨ先生をはじめ、ご尽力くださった皆様に心よりお礼を申し上げます。また投稿サイトの頃からの読者の方々も、いつも本当にありがとうございます。この本を手に取ってくれた方々が、この月と地上の世界を楽しんでいただけることを心から願っています。

おにぎり１０００米

『月の影と竜の花』をお買い上げいただきありがとうございます。
この本を読んでのご意見、ご感想など下記住所「編集部」宛までお寄せください。

アンケート受付中
リブレ公式サイト　https://libre-inc.co.jp
TOPページの「アンケート」からお入りください。

初出　月の影と竜の花
＊上記の作品は「pixiv」（https://www.pixiv.net/）掲載の「月の影と竜の花」を加筆修正したものです。

紺碧の空の下で……… 書き下ろし

月の影と竜の花

著者名　おにぎり1000米

発行日　2023年11月17日　第1刷発行

発行者　太田歳子

発行所　株式会社リブレ
〒162-0825 東京都新宿区神楽坂6-46 ローベル神楽坂ビル
電話　03-3235-7405（営業）　03-3235-0317（編集）
FAX　03-3235-0342（営業）

印刷所　株式会社光邦
装丁・本文デザイン　ウチカワデザイン

Printed in Japan
ISBN978-4-7997-6480-0